*Guten Morgen,
ihr Schönen!*

Guten Morgen, ihr Schönen!

Deutschsprachige Autorinnen erzählen

Herausgegeben von Susanne Schüssler

Verlag Klaus Wagenbach Berlin

Wagenbachs Taschenbuch 468
Originalausgabe
1. Auflage 2003

 Wir bedanken uns bei den Autoren und Verlagen für die freundliche Genehmigung zum Abdruck (siehe Autoren- und Quellenverzeichnis, s. Seite 135ff.). Umschlaggestaltung: Julie August + Birgit Thiel unter Verwendung eines Photos © ZEFA. Reihenkonzept: Rainer Groothuis. Die Karnickel auf Seite 1 zeichnete Horst Rudolph. Gesetzt aus der Centennial von Julie August. Gedruckt und gebunden bei Pustet, Regensburg. Printed in Germany.

ISBN 3 8031 2468 9

Inhalt

Ilse Aichinger

Mondgeschichte

Niemand wußte, ob sie die Schönste in ihrem Heimatort war. Man kannte sie dort schon zu lange, um ein Urteil zu wagen. Aber sie war jedenfalls die Schönste ihres Landes, sie war Miss Finnland oder Miss England – wie das Land eben hieß –, und daran zweifelte keiner. Dem Einwand, daß nicht alle Schönen zur Wahl erschienen seien, konnte man entgegenhalten, daß nicht alle Schönen schön genug wären. Wer die Entscheidung fürchtet, fürchtet sie meistens mit Recht, und alle hatten das Recht zu kommen.

Bei der Wahl zur Schönsten des Erdteils fiel dieses Recht weg, hier kamen nur die Schönsten der Länder zusammen. Es fehlte eine einzige, die auf dem Flug dahin abgestürzt war, vielleicht wäre diese eine schöner gewesen, aber die Toten schieden aus, schon deshalb, weil sie kurz nach dem Tode zumeist schöner waren als die Lebendigen. In diesem Augenblick hätten sie ihnen gefährlich werden können. Aber von den Lebendigen war keine schöner als sie, und deshalb wurde sie auch zur Schönsten ihres Erdteils gewählt, sie war jetzt Miss Europa oder Miss Amerika, und die Idee, eine Schönheitskonkurrenz der Erdteile zu veranstalten, lag sehr nahe.

Mit einem Sonderzug und einem Dampfer, den drei Geleitboote begleiteten, wurde sie an den Ort der letzten Wahl gebracht. Jetzt hatten nicht einmal mehr die Schönsten der Länder das Recht zu kommen, sie mußten wie alle anderen Schönen zurückstehen. Die Salutschüsse und der Jubel der Menge auf dem Pier wurden über alle Rundfunkstationen gesendet.

Als sie zur Schönsten der Erde gewählt war, trat eine feierliche Stille ein. Dann sagte die bewegte Stimme des Sprechers: »Wir stellen Ihnen Miss Erde vor!« Und dann lachte jemand in der Nähe des Mikrophons. In demselben Augenblick sagte der erste Sprecher wieder: »Wir sehen uns gezwungen, die Sendung wegen technischer Störungen zu unterbrechen!«

Die Hörer aller Länder machten sich ihren Reim darauf. Die Schönste der Erde wollte nicht Miss Erde heißen. Sie erklärte, daß sie alle Mühe nicht um einer so lächerlichen Bezeichnung willen auf sich genommen hätte. Denn Miss Erde klang degradierend, es ließ sie an den Garten um ihr Elternhaus denken, an Kraut und Regenwürmer und an die runden, roten Wangen, die sie als Kind gehabt hatte. Wenn es nicht überhaupt an Friedhöfe erinnerte! Sie gab noch an diesem Abend eine Erklärung durch den Rundfunk, die sie nicht weiter begründete. Es schien ihr, daß allen Bewohnern der Erde ohne weiteres klar sein müsse, daß Miss Erde keine Schmeichelei war. Und den meisten war es auch ohne weiteres klar. Das Preisrichterkollegium einigte sich deshalb auf ›Miss Universum‹.

Dagegen machte ein einziger Preisrichter den Einwand geltend, daß man zur Welt auch Sonne, Mond und Sterne zählen müsse und daß niemand sicher wisse, ob nicht doch ein Stern bewohnt sei. Man könne nicht einen Menschen zur ›Miss Universum‹ erklären, ehe er sich nicht mit den Sternenmenschen gemessen habe.

Der Versuch, diesen Einwand als unsinnig abzutun, mißlang. Er erregte zuerst Gelächter, später Unwillen und stürzte zuletzt das Preisrichterkollegium in große Verwirrung. Man konnte schließlich nicht die Milchstraße absuchen. Es ging im Grunde nur um eine Geste, darüber waren sich alle einig – eine Geste an das Weltall –, und man fand diese Geste.

Die Preisrichter beschlossen, die Schönste der Erde der Form halber auf den Mond zu schießen. Dort sollte sie eine Nacht lang bleiben. Wenn diese Nacht vorüber war und sich niemand gezeigt hatte, war der Form Genüge getan, und sie hieß Miss Universum.

Als es dämmerte, mußte die Polizei Kordons bilden, um dem Auto, worin die Schönste saß, sicheres Geleit zu geben. Auf dem großen Platz, im halben Wind, unter dem hellroten Abendhimmel, auf dem schon der Mond stand, ergriff sie etwas wie Angst, aber sie gab nicht nach.

Die Mondflüge waren damals noch in ihren Anfangsstadien, und die Techniker und Arbeiter, die vorausgeschickt worden waren, um die ersten Landungsplätze zu bauen, beobachteten gespannt das Landen der Rakete. Sie überschlug sich, um den Sturz zu mildern, kam auf und stand still. Sie hoben die Schönste der Erde auf den Mond, und die Preisrichter sprangen nach. Sie schlugen mit den Armen um sich, sagten einige laute und fröhliche Dinge, fragten, wo die Erde sei, und verstummten endlich. Wie große fremde Vögel lehnten sie an einem Gerüst aus leichtem Holz und wunderten sich, daß es in den Fugen sang.

Der Aufenthalt auf dem Mond rief in der Schönsten der Erde die Empfindung großer Einsamkeit hervor. Sie war schon auf Erden zur Zeit des Neumondes Anfällen von Traurigkeit unterworfen gewesen, aber da unten machte der Mondenschein von Nacht zu Nacht alles besser. Sie überdachte, daß es ein einziger Umstand war, der die Einsamkeit hier unerträglich werden ließ: es gab keine Hoffnung, vom Mond den Mond zu sehen. Und das Heer der Sterne tröstete darüber nicht hinweg.

Um sich die Zeit zu vertreiben, ließ sie sich ein wenig auf den Wegen zwischen den Felsen umherführen, aber die Landschaft war eintönig. Die Preisrichter, ihre Begleiter, erbitterten sie im geheimen. Sie gingen an den Rändern der Krater dahin und ereiferten sich, weil hier nirgends Geländer angebracht waren. Oder sie sprachen von Plänen, die sie für morgen hatten, von Wiedersehensfesten, die sie auf der Erde feiern würden, aber ihre Reden klangen der Schönsten hier nur wie Gestammel sehr alter Männer, wie Erinnerungen, die allen Bemühungen zum Trotz nicht mehr deutlich wurden, wie die Sucht, es hinter sich zu bringen. Sie waren hier überflüssig. Denn, wenn der Mond wirklich unbewohnt ist – und keiner wagt, etwas anderes zu hoffen –, was haben sie dann hier noch zu entscheiden? dachte das Mädchen. Wer ist die Schönste? Ich oder ich? Und wenn ich die Schönste wäre, könnte doch ich sie nicht mehr sein. Plötzlich wechselte ihre Angst in den tiefsten Wunsch hinüber, der Mond möchte bewohnt sein.

Aber je länger sie schwieg, desto eifriger bemühten sich die Preisrichter, sie zu erheitern. Nur der eine, der den Rat gegeben hatte, sie auf den Mond zu schießen, ging voraus und sprach so wenig wie sie. Er erbitterte sie mehr als alle andern, und sie verdächtigte ihn längst, nur seinen Spott mit ihr getrieben zu haben. Er war es auch, der als erster das Unglaubliche bemerkte:

Als sie eben wieder in der Nähe des Landungsplatzes ankamen, kurz nachdem alle Uhren neun Uhr Erdzeit zeigten, eine Zeit, zu der man auf Erden die Abendgesellschaften ansetzte, erschien hinter einem Felsblock in einiger Entfernung ein schwacher Schatten, der sich zögernd fortpflanzte und schon ganz sichtbar noch einmal stillstand.

Die Herren von der Jury hofften, nur wenige Augenblicke lang, daß es vielleicht der Schatten einer Mondgrille sei, eines Frosches oder eines Arbeiters auf dem Mond, aber es war deutlich der Schatten eines Mädchens mit gelöstem Haar in einem langen Kleid.

Ophelia bog um den Felsen. Sie trug ein weißes Hemd, wie es Kinder zu Weihnachtsvorstellungen über ihre heilen Glieder ziehen, und die Preisrichter sahen auf die Entfernung hin nicht deutlich, ob ihr das helle Mondlicht oder noch immer abströmendes Flußwasser die Linie gab. Vorsichtig wie von Uferstein zu Uferstein setzte sie einen Fuß vor den anderen, und bei jedem Schritt sprühten Tropfen von ihr. Algen und glänzende Wasserlilien schlangen sich um sie und schleiften hinter ihr her – haftende Jugend, Trauer. Wie hohe Bäume Mistelbüsche tragen, Nester ohne Vögel. Aber kommen nicht einmal im Jahr die Pflücker und holen sie von den Bäumen, damit unter Lampen und Türrahmen die Jugend hinüberwechselt?

Ophelia ging, den Kopf leicht gesenkt, die lange Bahn hinauf, beschrieb, ohne aufzuschauen, kleine Bogen um die Raketen und streichelte sie im Vorbeigehen, als ob es Lämmer wären. Sie wäre auch an den Preisrichtern und Arbeitern so vorübergegangen, aber die umringten sie, boten ihr Tee an, der noch von der Erde heiß war, und wollten mit ihr zu Musik aus den Erdsendern tanzen. Sie fragten sie, woher sie käme und wo sie die letzte Zeit verbracht hätte, wie es denn möglich sei, daß ein Mädchen wie sie hier so verlassen lebe – und ähnliche sinnlose Fragen. Und der eine, der geraten hatte, die Schönste der Erde auf den Mond zu schießen, sagte, das hätte er gleich gewußt.

Von Angst ergriffen, rief die Schönste der Erde, daß man nicht einmal Ophelia ohne richtige Wahl zur Schönsten der Welt erklären könne. Aber damit verriet sie sich. Als sie neben ihr stand, sahen alle, um wieviel schöner Ophelia war. Es wäre sinnlos gewesen, ihre Maße nachzumessen, sie erschienen ja von Atemzug zu Atemzug selbst als das Maß, nach dem die Schönste der Erde nur mühsam gemessen war – allein ihre bloßen Füße unter dem Hemdsaum!

Ophelia selbst war die einzige, die keinen Blick von der Schönsten der Erde abwandte. Und als der erste Preisrichter sich vor ihr verneigte und sie bat, ihren verräterischen Namen abzulegen – sie hieße von heute nacht ab Miss Universum –, erwiderte sie ängstlich, sie könne ihren Namen nicht ablegen, wenn ihn nicht eine andere annehme, ihr nasses Hemd und die Wasserlilien, die daran hafteten, und für sie in der Verbannung bliebe.

Das hieße – rief die Schönste der Erde zornig und schon im Einsteigen begriffen –, sie solle noch als Geschlagene in einem nassen Hemd, mit Wasserpflanzen, die sich bei jedem Schritt um ihre Füße schlängen, allein auf dem Mond bleiben?

Nein – sagte Ophelia und nahm sie bei den Händen –, das hieße – und dann lächelten beide über die ahnungslosen Preisrichter, die nicht wußten, daß der Titel der Miss Universum für immer mit dem Namen Ophelia verknüpft war, mit der Einsamkeit des Gestirns und mit dem Mondlicht, das wie fließendes Wasser über ihrem Gesicht lag. Aber – flüsterte Ophelia der Schönsten der Erde zu – sie würde ihr gerne ihren Namen lassen, wenn sie die Schönste des Weltalls sein wolle, die Algen und das Hemd!

Sie zog sie aus dem Kreis der Preisrichter, und ehe sie Zeit zu überlegen hatte, flogen der Schönsten der Erde die Ranken um Haar und Hals, schon roch sie den süßen Tang, sie ging einige Schritte auf dem brüchigen Stein und hörte das Schleifen der Algen hinter sich, sie ging der kalten, offenen Landschaft entgegen, die ihr Ruhe verhieß – da hörte sie Ophelia hinter sich rufen: »Das Hemd, das Hemd hast du vergessen!« Sie wandte sich um, sie griff seine Kühle und seine milde Feuchtigkeit, aber jetzt sah sie das Gesicht des Preisrichters, von dem alles abhing, über dem ihren. Er sagte: »Du bist schön!« Und er sah sie an.

Sie wunderte sich, wie gleichmütig sie blieb. Das Urteil eines Preisrichters, der nicht wußte, worüber er zu Gericht saß, bewegte sie nicht mehr. Sie warf die Algen ab und bat Ophelia, das Hemd zu behalten, sie schüttelte das Flußwasser, das über sie gesprüht war, aus ihren Kleidern.

Sie war entschlossen, sich auf die Erde zurückschießen zu lassen. Sie wollte noch in dieser Nacht im Rundfunk verkünden, daß sie auf den Titel der Miss Universum unter dieser Bedingung verzichte.

Aber Ophelia begleitete sie an die Rakete. Und als sie, schon im Einsteigen, ihr trauriges Gesicht sah, sprang sie noch einmal ab, umarmte sie und riß dabei eine lange Ranke von ihren Schultern, die an ihr haftenblieb. So nahm sie, ehe sie den Schlag zuklappte und die Abschußvorrichtung löste, eine geringe Last ihrer Verlassenheit mit.

Auf dem Flugplatz umringten sie fremde Gestalten, Blitzlichter flammten auf, ihr Blick suchte den Mond, aber den hatte niemand an die Decke des Krankensaales gemalt.

»Weshalb haben Sie es getan?« fragte die Frau im nächsten Bett und neigte sich zu ihr. »Die haben lange gebraucht, ehe sie das Wasser aus Ihren Lungen brachten!« Und als sie sich daraufhin schlafend stellte, hörte sie eine andere Stimme sagen: »Still! Und nehmen Sie ihr das Zeug aus den Fingern, daß sie nicht gleich erinnert wird!« Aber sie hielt die Ranke so fest, daß sie aus Furcht, sie zu wecken, nicht daran rührten.

Als sie wieder aufsah, waren die Läden schon geöffnet.

»Warum sind Sie ins Wasser gegangen?« fragte die Neugierige wieder. Das Mädchen dachte an die vielen Preisrichter und an den einen, sie sah sein Gesicht noch einmal, von Flußwasser übersprüht, sie streckte die Arme aus, aber die Tropfen flossen ab. Zurück blieb nur mehr der Mond, der sich zart und deutlich von den Morgenwolken abhob.

»Warum –« begann die Frau ein drittes Mal.

»Weil ich häßlich bin. Ich war für einen nicht schön genug!«

»Ach –« sagte die Frau mitleidig.

Das Mädchen schloß die Augen wieder. Wie sollte sie es ihr erklären, daß es mit der Algenranke ein wenig von der Verlassenheit der Ophelia und ein wenig von der Schönheit besaß, die sich Preisrichtern nicht unterwirft?

Ingeborg Bachmann

Undine geht

Ihr Menschen! Ihr Ungeheuer!

Ihr Ungeheuer mit Namen Hans! Mit diesem Namen, den ich nie vergessen kann.

Immer wenn ich durch die Lichtung kam und die Zweige sich öffneten, wenn die Ruten mir das Wasser von den Armen schlugen, die Blätter mir die Tropfen von den Haaren leckten, traf ich auf einen, der Hans hieß.

Ja, diese Logik habe ich gelernt, daß einer Hans heißen muß, daß ihr alle so heißt, einer wie der andere, aber doch nur einer. Immer einer nur ist es, der diesen Namen trägt, den ich nicht vergessen kann, und wenn ich euch auch alle vergesse, ganz und gar vergesse, wie ich euch ganz geliebt habe. Und wenn eure Küsse und euer Samen von den vielen großen Wassern – Regen, Flüssen, Meeren – längst abgewaschen und fortgeschwemmt sind, dann ist doch der Name noch da, der sich fortpflanzt unter Wasser, weil ich nicht aufhören kann, ihn zu rufen, Hans, Hans …

Ihr Monstren mit den festen und unruhigen Händen, mit den kurzen blassen Nägeln, den zerschürften Nägeln mit schwarzen Rändern, den weißen Manschetten um die Handgelenke, den ausgefransten Pullovern, den uniformen grauen Anzügen, den groben Lederjacken und den losen Sommerhemden! Aber laßt mich genau sein, ihr Ungeheuer, und euch jetzt einmal verächtlich machen, denn ich werde nicht wiederkommen, euren Winken nicht mehr folgen, keiner Einladung zu einem Glas Wein, zu einer Reise, zu einem Theaterbesuch. Ich werde nie wiederkommen, nie wieder Ja sagen und Du und Ja. All diese Worte wird es nicht mehr geben, und ich sage euch vielleicht, warum. Denn ihr kennt doch die Fragen, und sie beginnen alle mit »Warum?« Es gibt keine Fragen in meinem Leben. Ich liebe das Wasser, seine dichte Durchsichtigkeit, das Grün im Wasser und die sprachlosen Geschöpfe (und so sprachlos bin auch ich bald!), mein Haar unter ihnen, in ihm, dem gerechten Wasser, dem gleichgültigen Spiegel, der es mir verbietet, euch anders zu sehen. Die nasse Grenze zwischen mir und mir ...

Ich habe keine Kinder von euch, weil ich keine Fragen gekannt habe, keine Forderung, keine Vorsicht, Absicht, keine Zukunft und nicht wußte, wie man Platz nimmt in einem anderen Leben. Ich habe keinen Unterhalt gebraucht, keine Beteuerung und Versicherung, nur Luft, Nachtluft, Küstenluft, Grenzluft, um immer wieder Atem holen zu können für neue Worte, neue Küsse, für ein unaufhörliches Geständnis: Ja. Ja. Wenn das Geständnis abgelegt war, war ich verurteilt zu lieben; wenn ich eines Tages freikam aus der Liebe, mußte ich zurück ins Wasser gehen, in dieses Element, in dem niemand sich ein Nest baut, sich ein Dach aufzieht über Balken, sich bedeckt mit einer Plane. Nirgendwo sein, nirgendwo bleiben. Tauchen, ruhen, sich ohne Aufwand von Kraft bewegen – und eines Tages sich besinnen, wieder auftauchen, durch eine Lichtung gehen, *ihn* sehen und »Hans« sagen. Mit dem Anfang beginnen.

»Guten Abend.«

»Guten Abend.«

»Wie weit ist es zu dir?«

»Weit ist es, weit.«

»Und weit ist es zu mir.«

Einen Fehler immer wiederholen, den einen machen, mit dem man ausgezeichnet ist. Und was hilft's dann, mit allen Wassern gewaschen zu sein, mit den Wassern der Donau und des Rheins, mit denen des Tiber und des Nils, den hellen Wassern der Eismeere, den tintigen Wassern der Hochsee und der zaubrischen Tümpel? Die heftigen Menschenfrauen schärfen ihre Zungen und blitzen mit den Augen, die sanften Menschenfrauen lassen still ein paar Tränen laufen, die tun auch ihr Werk. Aber die Männer schweigen dazu. Fahren ihren Frauen, ihren Kindern treulich übers Haar, schlagen die Zeitung auf, sehen die Rechnungen durch oder drehen das Radio laut auf und hören doch darüber den Muschelton, die Windfanfare, und dann noch einmal, später, wenn es dunkel ist in den Häusern, erheben sie sich heimlich, öffnen die Tür, lauschen den Gang hinunter, in den Garten, die Alleen hinunter, und nun hören sie es ganz deutlich: Den Schmerzton, den Ruf von weither, die geisterhafte Musik. Komm! Komm! Nur einmal komm!

Ihr Ungeheuer mit euren Frauen!

Hast du nicht gesagt: Es ist die Hölle, und warum ich bei ihr bleibe, das wird keiner verstehen. Hast du nicht gesagt: Meine Frau, ja, sie ist ein wunderbarer Mensch, ja, sie braucht mich, wüßte nicht, wie ohne mich leben –? Hast du's nicht gesagt! Und hast du nicht gelacht und im Übermut gesagt: Niemals schwer nehmen, nie dergleichen schwer nehmen. Hast du nicht gesagt: So soll es immer sein, und das andere soll nicht sein, ist ohne Gültigkeit! Ihr Ungeheuer mit euren Redensarten, die ihr die Redensarten der Frauen sucht, damit euch nichts fehlt, damit die Welt rund ist. Die ihr die Frauen zu euren Geliebten und Frauen macht, Eintagsfrauen, Wochenendfrauen, Lebenslangfrauen und euch zu ihren Männern machen laßt. (Das ist vielleicht ein Erwachen wert!) Ihr mit eurer Eifersucht auf eure Frauen, mit eurer hochmütigen Nachsicht und eurer Tyrannei, eurem Schutzsuchen bei euren Frauen, ihr mit eurem Wirtschaftsgeld und euren gemeinsamen Gutenachtgesprächen, diesen Stärkungen, dem Rechtbehalten gegen draußen, ihr mit euren hilflos gekonnten, hilflos zerstreuten Umarmungen. Das hat mich zum Staunen gebracht, daß ihr euren Frauen Geld gebt zum Einkaufen und für die Kleider und für die Sommerreise, da ladet ihr sie ein (ladet sie ein, zahlt, es versteht sich). Ihr kauft und laßt euch kaufen. Über euch muß ich lachen und staunen, Hans, Hans, über euch kleine Studenten und brave Arbeiter, die ihr euch Frauen nehmt zum Mitarbeiten, da arbeitet ihr beide, jeder wird klüger an einer anderen Fakultät, jeder kommt voran in einer anderen Fabrik, da strengt ihr euch an, legt das Geld zusammen und spannt euch vor die Zukunft. Ja, dazu nehmt ihr euch die Frauen auch, damit ihr die Zukunft erhärtet, damit sie Kinder kriegen, da werdet ihr mild, wenn sie furchtsam und glücklich herumgehen mit den Kindern in ihrem Leib. Oder ihr verbietet euren Frauen, Kinder zu haben, wollt ungestört sein und hastet ins Alter mit eurer gesparten Jugend.

O das wäre ein großes Erwachen wert! Ihr Betrüger und ihr Betrogenen. Versucht das nicht mit mir. Mit mir nicht!

Ihr mit euren Musen und Tragtieren und euren gelehrten, verständigen Gefährtinnen, die ihr zum Reden zulaßt ... Mein Gelächter hat lang die Wasser bewegt, ein gurgelndes Gelächter, das ihr manchmal nachgeahmt habt mit Schrecken in der Nacht. Denn gewußt habt ihr immer, daß es zum Lachen ist und zum Erschrecken und daß ihr euch genug seid und nie einverstanden wart. Darum ist es besser, nicht aufzustehen in der Nacht, nicht den Gang hinunterzugehen, nicht zu lauschen im Hof, nicht im Garten, denn es wäre nichts als das Eingeständnis, daß man noch mehr als durch alles andere verführbar ist durch einen Schmerzton, den Klang, die Lockung und ihn ersehnt, den großen Verrat. Nie wart ihr mit euch einverstanden. Nie mit euren Häusern, all dem Festgelegten. Über jeden Ziegel, der fortflog, über jeden Zusammenbruch, der sich ankündigte, wart ihr froh insgeheim. Gern habt ihr gespielt mit dem Gedanken an Fiasko, an Flucht, an Schande, an die Einsamkeit, die euch erlöst hätten von allem Bestehenden. Zu gern habt ihr in Gedanken damit gespielt. Wenn ich kam, wenn ein Windhauch mich ankündigte, dann sprangt ihr auf und wußtet, daß die Stunde nah war, die Schande, die Ausstoßung, das Verderben, das Unverständliche. Ruf zum Ende. Zum Ende. Ihr Ungeheuer, dafür habe ich euch geliebt, daß ihr wußtet, was der Ruf bedeutet, daß ihr euch rufen ließt, daß ihr nie einverstanden wart mit euch selber. Und ich, wann war ich je einverstanden? Wenn ihr allein wart, ganz allein, und wenn eure Gedanken nichts Nützliches dachten, nichts Brauchbares, wenn die Lampe das Zimmer versorgte, die Lichtung entstand, feucht und rauchig der Raum war, wenn ihr so dastandet, verloren, für immer verloren, aus Einsicht verloren, dann war es Zeit für mich. Ich konnte eintreten mit dem Blick, der auffordert: Denk! Sei! Sprich es aus! –

Ich habe euch nie verstanden, während ihr euch von jedem Dritten verstanden wußtet. Ich habe gesagt: Ich verstehe dich nicht, verstehe nicht, kann nicht verstehen! Das währte eine herrliche und große Weile lang, daß ihr nicht verstanden wurdet und selbst nicht verstandet, nicht warum dies und das, warum Grenzen und Politik und Zeitungen und Banken und Börse und Handel und dies immerfort.

Denn ich habe die feine Politik verstanden, eure Ideen, eure Gesinnungen, Meinungen, die habe ich sehr wohl verstanden und noch etwas mehr. Eben darum verstand ich nicht. Ich habe die Konferenzen so vollkommen verstanden, eure Drohungen, Beweisführungen, Verschanzungen, daß sie nicht mehr zu verstehen waren. Und das war es ja, was euch bewegte, die Unverständlichkeit all dessen. Denn das war eure wirkliche große verborgene Idee von der Welt, und ich habe eure große Idee hervorgezaubert aus euch, eure unpraktische Idee, in der Zeit und Tod erschienen und flammten, alles niederbrannten, die Ordnung, von Verbrechen bemäntelt, die Nacht, zum Schlaf mißbraucht. Eure Frauen, krank von eurer Gegenwart, eure Kinder, von euch zur Zukunft verdammt, die haben euch nicht den Tod gelehrt, sondern nur beigebracht kleinweise. Aber ich habe euch mit einem Blick gelehrt, wenn alles vollkommen, hell und rasend war – ich habe euch gesagt: Es ist der Tod darin. Und: Es ist die Zeit daran. Und zugleich: Geh, Tod! Und: Steh still, Zeit! Das habe ich euch gesagt. Und du hast geredet, mein Geliebter, mit einer verlangsamten Stimme, vollkommen wahr und gerettet, von allem dazwischen frei, hast deinen traurigen Geist hervorgekehrt, den traurigen, großen, der wie der Geist aller Männer ist und von der Art, die zu keinem Gebrauch bestimmt ist. Weil ich zu keinem Gebrauch bestimmt bin und ihr euch nicht zu einem Gebrauch bestimmt wußtet, war alles gut zwischen uns. Wir liebten einander. Wir waren vom gleichen Geist.

Ich habe einen Mann gekannt, der hieß Hans, und er war anders als alle anderen. Noch einen kannte ich, der war auch anders als alle anderen. Dann einen, der war ganz anders als alle anderen und er hieß Hans, ich liebte ihn. In der Lichtung traf ich ihn, und wir gingen so fort, ohne Richtung, im Donauland war es, er fuhr mit mir Riesenrad, im Schwarzwald war es, unter Platanen auf den großen Boulevards, er trank mit mir Pernod. Ich liebte ihn. Wir standen auf einem Nordbahnhof, und der Zug ging vor Mitternacht. Ich winkte nicht; ich machte mit der Hand ein Zeichen für Ende. Für das Ende, das kein Ende findet. Es war nie zu Ende. Man soll ruhig das Zeichen machen. Es ist kein trauriges Zeichen, es umflort die Bahnhöfe und Fernstraßen nicht, weniger als das täuschende Winken, mit dem so viel zu Ende geht. Geh, Tod, und steh still, Zeit. Keinen Zauber nutzen, keine Tränen, kein Händeverschlingen, keine Schwüre, Bitten. Nichts von alledem. Das Gebot ist: Sich verlassen, daß Augen den Augen genügen, daß ein Grün genügt, daß das Leichteste genügt. So dem Gesetz gehorchen und keinem Gefühl. So der Einsamkeit gehorchen. Einsamkeit, in die mir keiner folgt.

Verstehst du es wohl? Deine Einsamkeit werde ich nie teilen, weil da die meine ist, von länger her, noch lange hin. Ich bin nicht gemacht, um eure Sorgen zu teilen. Diese Sorgen nicht! Wie könnte ich sie je anerkennen, ohne mein Gesetz zu verraten? Wie könnte ich je an die Wichtigkeit eurer Verstrickungen glauben? Wie euch glauben, solange ich euch wirklich glaube, ganz und gar glaube, daß ihr mehr seid als eure schwachen, eitlen Äußerungen, eure schäbigen Handlungen, eure törichten Verdächtigungen. Ich habe immer geglaubt, daß ihr mehr seid, Ritter, Abgott, von einer Seele nicht weit, der allerköniglichsten Namen würdig. Wenn dir nichts mehr einfiel zu deinem Leben, dann hast du ganz wahr geredet, aber auch nur dann. Dann sind alle Wasser über die Ufer getreten, die Flüsse haben sich erhoben, die Seerosen sind gleich hundertweis erblüht und ertrunken, und das Meer war ein machtvoller Seufzer, es schlug, schlug und rannte und rollte gegen die Erde an, daß seine Lefzen trieften von weißem Schaum.

Verräter! Wenn euch nichts mehr half, dann half die Schmähung. Dann wußtet ihr plötzlich, was euch an mir verdächtig war, Wasser und Schleier und was sich nicht festlegen läßt. Dann war ich plötzlich eine Gefahr, die ihr noch rechtzeitig erkanntet, und verwünscht war ich und bereut war alles im Handumdrehen. Bereut habt ihr auf den Kirchenbänken, vor euren Frauen, euren Kindern, eurer Öffentlichkeit. Vor euren großen großen Instanzen wart ihr so tapfer, mich zu bereuen und all das zu befestigen, was in euch unsicher geworden war. Ihr wart in Sicherheit. Ihr habt die Altäre rasch aufgerichtet und mich zum Opfer gebracht. Hat mein Blut geschmeckt? Hat es ein wenig nach dem Blut der Hündin geschmeckt und nach dem Blut des weißen Wales? Nach deren Sprachlosigkeit?

Wohl euch! Ihr werdet viel geliebt, und es wird euch viel verziehen. Doch vergeßt nicht, daß ihr mich gerufen habt in die Welt, daß euch geträumt hat von mir, der anderen, dem anderen, von eurem Geist und nicht von eurer Gestalt, der Unbekannten, die auf euren Hochzeiten den Klageruf anstimmt, auf nassen Füßen kommt und von deren Kuß ihr zu sterben fürchtet, so wie ihr zu sterben wünscht und nie mehr sterbt: ordnungslos, hingerissen und von höchster Vernunft.

Warum sollt ich's nicht aussprechen, euch verächtlich machen, ehe ich gehe.

Ich gehe ja schon.

Denn ich habe euch noch einmal wiedergesehen, in einer Sprache reden gehört, die ihr mit mir nicht reden sollt. Mein Gedächtnis ist unmenschlich. An alles habe ich denken müssen, an jeden Verrat und jede Niedrigkeit. An denselben Orten habe ich euch wiedergesehen; da schienen mir Schandorte zu sein, wo einmal helle Orte waren. Was habt ihr getan! Still war ich, kein Wort habe ich gesagt. Ihr sollt es euch selber sagen. Eine Handvoll Wasser habe ich über die Orte gesprengt, damit sie grünen mögen wie Gräber. Damit sie zuletzt hell bleiben mögen.

Aber so kann ich nicht gehen. Drum laßt mich euch noch einmal Gutes nachsagen, damit nicht so geschieden wird. Damit nichts geschieden wird.

Gut war trotzdem euer Reden, euer Umherirren, euer Eifer und euer Verzicht auf die ganze Wahrheit, damit die halbe gesagt wird, damit Licht auf die eine Hälfte der Welt fällt, die ihr grade noch wahrnehmen könnt in eurem Eifer. So mutig wart ihr und mutig gegen die anderen – und feig natürlich auch und oft mutig, damit ihr nicht feige erschient. Wenn ihr das Unheil von dem Streit kommen saht, strittet ihr dennoch weiter und beharrtet auf eurem Wort, obwohl euch kein Gewinn davon wurde. Gegen ein Eigentum und für ein Eigentum habt ihr gestritten, für die Gewaltlosigkeit und für die Waffen, für das Neue und für das Alte, für die Flüsse und für die Flußregulierung, für den Schwur und gegen das Schwören. Und wißt doch, daß ihr gegen euer Schweigen eifert und eifert trotzdem weiter. Das ist vielleicht zu loben.

In euren schwerfälligen Körpern ist eure Zartheit zu loben. Etwas so besonders Zartes erscheint, wenn ihr einen Gefallen erweist, etwas Mildes tut. Viel zarter als alles Zarte von euren Frauen ist eure Zartheit, wenn ihr euer Wort gebt oder jemand anhört und versteht. Eure schweren Körper sitzen da, aber ihr seid ganz schwerelos, und eine Traurigkeit, ein Lächeln von euch können so sein, daß selbst der bodenlose Verdacht eurer Freunde einen Augenblick lang ohne Nahrung ist.

Zu loben sind eure Hände, wenn ihr zerbrechliche Dinge in die Hand nehmt, sie schont und zu erhalten wißt, und wenn ihr die Lasten tragt und das Schwere aus einem Weg räumt. Und gut ist es, wenn ihr die Körper der Menschen und der Tiere behandelt und ganz vorsichtig einen Schmerz aus der Welt schafft. So Begrenztes kommt von euren Händen, aber manches Gute, das für euch einstehen wird.

Zu bewundern ist auch, wenn ihr euch über Motoren und Maschinen beugt, sie macht und versteht und erklärt, bis vor lauter Erklärungen wieder ein Geheimnis daraus geworden ist. Hast du nicht gesagt, es sei dieses Prinzip und jene Kraft? War das nicht gut und schön gesagt? Nie wird jemand wieder so sprechen können von den Strömen und Kräften, den Magneten und Mechaniken und von den Kernen aller Dinge.

Nie wird jemand wieder so sprechen von den Elementen, vom Universum und allen Gestirnen.

Nie hat jemand so von der Erde gesprochen, von ihrer Gestalt, ihren Zeitaltern. In deinen Reden war alles so deutlich: die Kristalle, die Vulkane und Aschen, das Eis und die Innenglut.

So hat niemand von den Menschen gesprochen, von den Bedingungen, unter denen sie leben, von ihren Hörigkeiten, Gütern, Ideen, von den Menschen auf dieser Erde, auf einer früheren und einer künftigen Erde. Es war recht, so zu sprechen und so viel zu bedenken.

Nie war so viel Zauber über den Gegenständen, wie wenn du geredet hast, und nie waren Worte so überlegen. Auch aufbegehren konnte die Sprache durch dich, irre werden oder mächtig werden. Alles hast du mit den Worten und Sätzen gemacht, hast dich verständigt mit ihnen oder hast sie gewandelt, hast etwas neu benannt; und die Gegenstände, die weder die geraden noch die ungeraden Worte verstehen, bewegten sich beinahe davon.

Ach, so gut spielen konnte niemand, ihr Ungeheuer! Alle Spiele habt ihr erfunden. Zahlenspiele und Wortspiele, Traumspiele und Liebesspiele.

Nie hat jemand so von sich selber gesprochen. Beinahe wahr. Beinahe mörderisch wahr. Übers Wasser gebeugt, beinahe aufgegeben. Die Welt ist schon finster, und ich kann die Muschelkette nicht anlegen. Keine Lichtung wird sein. Du anders als die anderen. Ich bin unter Wasser. Bin unter Wasser.

Und nun geht einer oben und haßt Wasser und haßt Grün und versteht nicht, wird nie verstehen. Wie ich nie verstanden habe.

Beinahe verstummt,
beinahe noch
den Ruf
hörend.

Komm. Nur einmal.
Komm.

Mariola Brillowska

Die Kraft der drei Herzen

Ich lerne nacheinander zwei Musiker kennen, die Hausschuhträger sind. Bei dem jeweils ersten Besuch, den ich ihnen abstatte, schmeiße ich ihre Puschen aus dem Fenster. Sie lachen darüber, werden meine besten Freunde und Liebhaber obendrein. Ich ziehe aus dem Schlafzimmer aus, das ich mir mit dem Vater meine Tochter, einem Maler, teile, und unternehme von nun an alles nur noch zu dritt mit den Musikern. Sie sind die ersten Männer in meinem Leben, die sich von mir gerne schminken lassen, und wir haben viel Spaß miteinander. Ich packe drei silberne Andy-Warhol-Perücken in meine Tasche, und wir fahren zusammen in die Berge. Dort scheint die Sonne, obwohl es schon Herbst ist. Wir ziehen uns nackt aus, die Perükken lassen wir aber an und fotografieren uns mit Selbstauslöser von hinten. Diese Art Freuden treiben wir eine ganze Zeit lang, bis einer meiner Liebhaber ein bildhübsches Mädchen, eine Photographin mit Silberblick, kennenlernt. Ab da ist er mit seinem eigenen nicht mehr allein auf der Welt, unterläßt die Pimpereien mit mir und fickt von nun an nur noch mit seiner neuen Liebe, bis sie ihm eines Tages mitteilt, daß er Vater wird. Wir freuen uns sehr darüber, die zukünftigen Eltern, der andere Liebhaber, meine Tochter und ich. Da das bildhübsche Mädchen viel größer ist als mein nunmehriger Exliebhaber, hegt meine Tochter den Verdacht, das Kind der beiden würde mit einem langen und mit einem kurzen Bein geboren. Sie geht hinkend durch den Raum, und ich lache traurig, weil ich daran denke, daß unsere Freundschaft in der neuen Konstellation alsbald ein endgültiges Ende nehmen wird.

Das bildhübsche Mädchen ist eine Frau wie ich selbst und deswegen etwas speziell. Eine Frau hat es gerne, wenn der Mann ein Kavalier ist, ein pünktlicher, bekümmerter, aufmerksamer Blumenbringer. Doch genau diese Sorte von Männern wird von den beiden Musikern ziemlich verabscheut. Solange sie meine zwei lustigen Liebhaber waren, störte mich das auch nicht, aber jetzt fällt es mir auf, daß keiner von ihnen weder mir noch der zukünftigen Mutter je eine Blume schenkt. Als ich mich darüber beschwere, holt mich der verbliebene Liebhaber mit einem Bund Karotten vom Bahnhof ab, die wir anschließend essen. Sie schmecken uns, und wir haben Lust auf einen Fick. Und auf noch einen. Ab jetzt muß der alleinige Liebhaber gut für zwei sein, doch er tut es mit Glanz und Glamour, und deswegen verzeihe ich ihm sowohl die Karotten als auch alle darauffolgenden Kavaliersdelikte jedesmal, nachdem er mich begattet hat. Außerdem macht er gerne bei meinem Lieblingssexspiel mit, in dem er in immer andere Rollen schlüpft. Am liebsten habe ich die Doktorspiele. Währenddessen wird das bildhübsche Mädchen noch hübscher, da sie schwanger ist. Sie hat nun den Typen für ihr Kind und ist an ihm sexuell nicht mehr interessiert. Ein dritter Musiker taucht auf. Sofort wird er von meinem Liebhaber als Gynäkologe enttarnt. Ich wundere mich, wie der eine Mann des anderen Mannes Fickabsichten auf einen Blick diagnostizieren kann, bis ich herausfinde, daß mein Liebhaber seit jeher scharf auf das bildhübsche Mädchen ist, doch sie läßt ihn nicht ran. Tatsächlich beginnt das Mädchen eine Liebesbeziehung mit dem Gynäkologen, und er wird ihr zweiter Liebhaber. Mein Exliebhaber, der jetzt gar nichts mehr zum Ficken hat, kriecht erneut in meine Hotelzimmerbetten. Ich bin auf Tour mit meiner Show, und er fährt mich mit dem ganzen Verkleidungskram und begleitet mich musikalisch. Doch habe ich keinen Bock mehr auf ihn als Mann, da er inzwischen mit dem Mädchen zusammengezogen ist und wie früher Hausschuhe trägt. Zweimal schmeiße ich die Puschen desselben Mannes nicht aus dem Fenster. Deswegen beende ich mit ihm auch die weitere Zusammenarbeit. Bei unserer letzten Radioshow hole ich ihm vorm offenen Mikro einen runter, und das war's. Mein Liebhaber ist dagegen ohne mich auf Konzerttour, und immer dann, wenn ich nicht auf Tour bin. Von da aus ruft er mich nur selten an, und wenn er wieder zu Hause ist, bringt er mir nach wie vor keine Blumen. Sexuell gleicht er das zwar jedesmal aus, doch mir fehlt etwas. Mir fehlt nicht nur der Liebhaber, mir fehlt ganz klar auch ein zweiter Liebhaber. Also bin ich auf der Suche und lerne einen Schauspieler kennen. Er ist der ideale Liebhaber Nummer 2, schon von Berufs wegen sehr gut geeignet für die Sexrollenspiele und dazu noch ein Kavalier, der weiß, was Frauen gefällt. Nun ist er aber dazugestoßen, und ich bringe es nicht übers Herz, ihn meinem Liebhaber Nummer 1 als Liebhaber Nummer 2 vorzustellen. Doch ist das nicht weiter schlimm, da ich alleine wohne und meine Nächte abwechselnd mit einem der beiden Liebhaber verbringen kann, ohne daß irgendjemand davon was erfährt. Als meine Tochter aber ihre erste Regel bekommt, zieht sie bei ihrem Vater ganz aus und zu mir um, da sie jetzt eine Frau sein will und ich wohl für sie als Vorbild diene. Als erstes färbt sie sich die Haare knallrot wie ich, und ab da wird alles noch mal anders. Kinder sind von Natur aus traditionell veranlagt. Einen Liebhaber der Mutter akzeptieren sie erst dann, wenn er länger an ihrer Seite zugange ist und den Anschein des Nachfolgemannes hergibt. Um schlafende Hunde nicht zu wecken, stelle ich meiner Tochter den Liebhaber Nummer 2 zuerst als einen schwulen Freund vor. Da ihr bester Freund und Klassenkamerad ganz eindeutig ebenfalls schwul ist, schöpft sie erst mal keinen Verdacht, ich könnte mit dem Liebhaber Nummer 2 sexuell was haben. Als aber rauskommt, er sei Vater eines Sohnes in ihrem Alter, wird ihr klar, der Mann ist mein Liebhaber Nummer 2. Da sie jetzt eine Frau und kein Kind mehr ist und so wie ich sein möchte, gesteht sie mir tatsächlich Liebhaber Nummer 2 zu und verpetzt mich nicht. Der eine heißt jetzt Freund, der andere Lover. Sie freundet sich mit dem Lover noch mehr an als mit dem Freund, da er als Vater eines Jungen in ihrem Alter den Schnack drauf hat, und verreist sogar mit ihm und seinem Sohn in die Berge. Dort verknallt sie sich in den Jungen und er sich wohl in sie, und wie ich das sehe, wird er bald ihr 1. Liebhaber. Jetzt will er auch nicht mehr bei seiner Mutter wohnen und zu seinem Vater ziehen. Ich will wiederum seit Jahren ein 2. Kind haben. Mein Freund ist einiges jünger als ich und fühlt sich nicht reif genug für ein Kind. Meinen Lover würde ein Kind mit mir glücklich machen, da er mich liebt, aber auch den ganzen Kindergroßziehkram selber durchmachen könnte, den ihm die Mutter seines Sohnes vorenthalten hat. Nun sage ich meinem Freund, ich hätte einen potentiellen Vater für mein Wunschkind, und er hat nichts dagegen, aber er möchte selber der Samenspender sein. Oder ich solle mich doch von beiden nacheinander ficken lassen und Zwillinge bekommen.

Meine Tochter, die wie ein Klon meiner selbst ist, wird jeden Tag hübscher. Wenn einer der beiden Liebhaber uns besucht, kann weder er noch ich den Blick von ihr lassen, und ich trage inzwischen einen Spiegel mit mir, um mich überhaupt noch in meinem und nicht in ihrem Körper zu fühlen. Ab und an sehe ich mich und nicht meine Tochter im Spiegel und bin für einen Moment beruhigt. Wenn ich alleine bin, überlege ich, wie das sein wird, wenn ich tatsächlich das 2. Kind bekomme. Ich werde weder mit dem Vater des Kindes zusammenziehen, noch mich von meinem Freund trennen. Ich werde keine Babypause einlegen. Da der Lover als Vater meines 2. Kindes zu meinem Mann mutieren wird, wird er mir als Liebhaber fehlen, und ich werde mir einen neuen suchen. Sein Sohn wird in ein paar Jahren, nachdem ihn meine Tochter zum Mann gemacht hat, sexuell reif und alt genug für mich sein, und meiner Tochter werden irgendwann ältere Männer attraktiv vorkommen. Wir werden eine große Familie sein und das Paradies auf Erden von neuem erschaffen. Ich werde deine Schwester, deine Tochter, deine Mutter sein. Nimm ihr Herz und teile es in drei, damit es für alle reicht. Und versäume nicht, ihr einen Blumenstrauß zu bringen, deiner Geliebten für immer, deiner unendlichen Frau.

Karen Duve

Besuch vom Hund

Ich bin zu einer Party eingeladen, und der Reißverschluß hinten an meinem Kleid geht nicht zu. Es klingelt. Viel zu früh. Ich streife schnell die Handschuhe über und öffne die Tür.

»Du bist viel zu früh«, sage ich, aber vor der Tür sitzt bloß ein dicker, zitternder Collie. Es regnet wie verrückt.

»Komm rein, du armer Hund«, sage ich. Der Collie zockelt herein, und ich mache die Tür wieder zu.

»Danke«, sagt der Hund, »aber ich bin gar kein Hund.«

»Ach – nicht?«

Er stinkt wie ein nasser Hund.

»Nein«, sagt der Collie und lächelt. Sein Zahnfleisch hat die Farbe von Regenwürmern – mit Leopardenflecken. Ich setze mich ihm gegenüber – gerade weit genug entfernt, daß mich der faulige Geruch aus seinem Mund nicht mehr erreicht.

»Und ...«, sage ich.

»Ich bin ein magerer Wolf und heule nachts an den Mauern eurer Stadt. Dann binden die Jäger ihre Hunde fester. Die fettglänzenden Jagdköter werden unruhig, aber sie verstehen das Lied des Wolfes nicht mehr. ›Usch‹, sagen ihre Herren, ›Usch! Wer gibt dir dein Futter?‹ Und nachdem die Hunde etwas gefiept und gewinselt haben, legen sie ihren schweren Köpfe auf die Pfoten und schließen die Augen. Dann heule ich lauter, und die Hunde zittern und sträuben ihr Fell.«

Ein pathetischer Collie – das hat mir gerade noch gefehlt.

»Was redest du denn? Hier gibt es seit dreihundert Jahren keine Stadtmauern mehr. Und besonders mager siehst du auch nicht aus.«

»Stimmt. Ich bin gar kein magerer Wolf. In Wirklichkeit ... in Wirklichkeit bin ich dein verlorener Hund. Hallo, da bin ich wieder! Reiß die Arme auf! Wie wäre es, wenn du mir zur Begrüßung einen Napf mit Doko-Hundeflocken hinstellst?«

»Bleib mir vom Leib, hörst du? Drei Meter Abstand. Ich habe keinen Hund. Nie gehabt.«

»Wie? Du verleugnest mich? Sieht so meine Heimkehr aus? Du verleugnest mich und trägst schwarze Handschuhe, damit man nicht sieht, daß deine Nägel herausgerissen sind? Aber ich merke es doch, weil Blut heraustropft. Das sieht übrigens sehr sexy aus – die Handschuhe, meine ich.«

Ich sehe auf meine Hände herunter, auf die Handschuhe. Tatsächlich tropft Blut heraus. Am Nachmittag habe ich Blumenstengel gekürzt und mir dabei in alle Finger geschnitten.

»Warte, ich leck' dir das Blut ab«, sagt der Collie.

»Weißt du was«, sage ich, »wenn du mir wirklich helfen willst, dann sei so gut und geh jetzt. Jeden Moment kommt ein netter und überaus gutaussehender Mann vorbei, um mich zu einer Party mitzunehmen, und außerdem kriege ich meinen Reißverschluß nicht zu. Also bitte: Geh, geh, geh!«

»Heißt das, daß ich alles allein tun soll?«

Er sieht mich aus blutunterlaufenen Augen an.

»Was denn?« sage ich, streiche mein Kleid glatt und angele nach dem Reißverschluß auf meinem Rücken. »Was willst du denn? Einen Knochen? Hab' ich nicht. Guck in meinen Kühlschrank – alles leer. Warum klingelst du nicht nebenan? Frau Dabelstein ist eine reizende alte Frau, die sich immer langweilt und bestimmt über Besuch freut.«

»Es geht um die Hundefrage«, beharrt der Collie. »Du mußt uns helfen. Schließlich bist du Dichterin.«

»Schriftstellerin«, sage ich fest.

»Dichterin«, sagt der hysterische Collie.

»Und wenn schon. Was soll euch das helfen?«

»Du bist der Lärm unserer stummen Schreie. Du bist die Wahrheit unserer schlimmen Träume. Du bist das Messer für unsere eitrigen Wunden.«

»Na ja«, sage ich, »man gibt sich Mühe.«

Draußen hält ein Auto. Wir gehen ans Fenster. Der Collie stemmt die Vorderpfoten auf die Fensterbank, und wir sehen hinaus.

»Das ist der nette Mann, der mich abholt. Sieht gut aus, nicht?«

»Nur äußerlich«, sagt der Collie.

»Natürlich äußerlich. Wo denn sonst? Der andere Mann ist

übrigens sein Freund. Ein Idiot, ein Trottel. Wenn er auf Reisen ist, schleppt er immer seinen alten Stoffbären mit sich herum. Ich kann Männer, die niedlich sein wollen, nicht ausstehen. Männer sind nicht niedlich.«

»Wer ist die Frau?«

»Die Freundin vom Freund. Wenn du mich fragst: etwas zu scharf auf den Mann dressiert.«

Ich öffne die Tür.

»He«, sagt der nette Mann, »hast du jetzt einen Hund?«

Der Collie nickt, und ich sage ja.

»Aber warum denn ausgerechnet so einen alten Lassie?«

»Warum keinen Collie? Die sind lieb und zuverlässig.«

»Ziemlich häßliches Vieh«, sagt der blöde Freund, und seine blöde Freundin kichert.

»Warum bist du noch nicht fertig?« sagt der nette Mann. »Willst du so mitkommen?«

»Klar«, sage ich, »oder stimmt irgend etwas nicht mit mir?«

»Du könntest dich wenigstens kämmen«, sagt die blöde Freundin, und ich sage: »Vielleicht komme ich gar nicht mit. Vielleicht habe ich etwas Besseres vor.«

Der Mann, den ich einmal für nett gehalten habe, packt mich am Handgelenk.

»Was glaubst du eigentlich, wer du bist?«

Ich schaue den Collie an. Er nickt aufmunternd, und ich sage: »Ich bin ein magerer Wolf. Ich heule nachts an den Mauern eurer Stadt. Aber die Hunde verstehen mein Lied nicht mehr. Und dann kommen die Jäger und binden sie fester und ...«

Der Mann, den ich einmal für nett gehalten habe, stößt mich von sich.

»Du bist verrückt. Vollkommen verrückt. Mit so etwas will ich nichts zu tun haben.«

»Na ja«, räume ich ein, »du mußt das natürlich im übertragenen Sinn verstehen. Es geht um Wahrheit. Nicht um philosophische Wahrheit – kriminalistische ...«

»Verrückt bist du«, sagt der Mann, den ich einmal nett gefunden habe und der sehr gut aussieht. »Ich hatte schon einmal etwas mit einer Verrückten. Die hielt sich für Adolf Hitler. Das mache ich kein zweites Mal mit.«

»Wirklich? Sie hielt sich für Adolf Hitler? Das ist interessant«, bemerkt der Collie.

Ich fange an zu weinen.

»Ha«, sagt der blöde Freund, »es ist doch jedesmal das gleiche. Gerade die Frauen, die immer so stark tun, sind nachher immer ganz klein und schwach.«

Ich weiß nicht, was ich darauf antworten soll. Der Collie drückt seine feuchte Nase gegen mein Knie.

»Das ist die Sorte, die zum Treten kommt, wenn einer am Boden liegt«, flüstert er. »Wahrscheinlich hat er jetzt einen stehen.«

»Na, und?« schreie ich den blöden Freund an. »Hast du jetzt einen stehen, oder was?«

Seine Freundin rümpft die Nase.

»Du bist so klein. In Wirklichkeit bist du soooo klein.«

Sie zeigt mit Daumen und Zeigefinger, wie klein ich bin.

»Du miese Schnalle«, sage ich. »Du weißt doch gar nicht, was klein ist. Du denkst, ich bin klein, weil ich weine. Aber es bedeutet nichts, wenn ich weine. Ich weine ständig.«

»Billy the Kid hat einmal über die Schönheit eines Gedichtes geweint, und direkt danach stand er auf und erschoß zwei Männer, ohne daß seine Hand zitterte«, sagt der Collie.

»Jawohl«, sage ich, »ich weine sogar auf Bahnhöfen und bei Tierfilmen. Es bedeutet nichts, wenn ich weine. Hinterher stehe ich auf und erschieße zwei Männer, ohne daß mir die Hand zittert.«

»Außerdem ist sie eine Dichterin«, sagt der Collie, »und Dichter und Dichterinnen müssen empfindsam sein.«

»Ja«, sage ich. »Du kannst mich gar nicht verachten. Ich bin der Lärm deiner stummen Schreie.«

»Was bist du?« fragt der Mann. Wie habe ich ihn je nett finden können? Er geht aus der Tür, und mit ihm der Freund und die Freundin.

»Macht bitte die Tür auch wieder zu! Wir heizen schließlich nicht für die Eichhörnchen«, sagt der Collie.

Die Tür knallt ins Schloß. Dann das Geräusch des startenden Autos. Der Motor säuft ab. Erneutes Starten. Sie fahren weg. Ich lehne mich mit dem Rücken gegen die Wand und rutsche daran herunter, bis ich auf dem Boden sitze. Ich vergrabe mein Gesicht im stinkenden, feuchten Fell des Collies und weine.

»Jetzt ist er weg«, sage ich. »Was soll ich bloß tun?«

»Du könntest aufstehen und jemanden erschießen«, sagt der Collie. »Geweint hast du ja schon.«

»Heute nicht mehr. Meine Hände zittern so.«

»Ist dein Kühlschrank wirklich leer?« fragt der Collie.

»Ja, aber wir können zur Esso-Tankstelle gehen. Es ist nicht sehr weit.«

Ich ziehe meinen Wollmantel an, stecke die nackten Füße in Gummistiefel und setze meine Waschbärmütze auf.

»Hast du keine Leine?« frage ich den Hund.

»Die brauche ich nicht. Wir Collies sind lieb und zuverlässig.«

Es hat aufgehört zu regnen. Alles ist voller Pfützen. Ich lege eine kleine Step-Nummer in Gummistiefeln hin, und der Collie kläfft anerkennend.

Ein einzelner Stern steht am Himmel.

Gisela Elsner

Die Auferstehung der Gisela Elsner

Auf die Gefahr hin, der üblen Nachrede gegen eine nicht allein unlängst Verschiedene, sondern ausschweifend geehrt Verschiedene bezichtigt zu werden, hat sich der Berichterstatter dieses Blattes, dessen begrenzte Auflage mehr Wahrhaftigkeit zu erlauben scheint als die der großen Tageszeitungen, nach reiflicher Überlegung entschlossen, einen ausführlichen Bericht über das allerorts totgeschwiegene Leichenbegräbnis der Gisela Elsner dem Leser nicht vorzuenthalten.

Selbst dem Arglosesten, sollte man meinen, dürfte das Mißverhältnis zwischen dem langatmigen Äußerungen der Presse über ihr Leben und den kärglichen Bemerkungen über ihren Tod nicht entgangen sein. Tatsächlich hatte die Beisetzung, von der es überall recht untertrieben hieß, sie wäre feierlich gewesen, von ihrem bemüht makabren Anstrich ganz zu schweigen, etwas durchweg Skandalöses an sich.

Jede Zirkusreiterin, murmelte ein Trauergast, einer der wenigen in dieser Menschenmenge, die den Mut aufbrachten, aus ihrer Meinung keinen Hehl zu machen, wisse würdevoller abzutreten.

Die Inszenierung der Veranstaltung berührte, das ist wahr, die meisten dermaßen peinlich, daß sich bedingt durch die Bedrücktheit fälschlicherweise der Anschein von Trauer einstellte. Wäre nicht das wie der Prunk unpassende Ehepaar gewesen, ein Polizist und eine hochschwangere Hausschneiderin, die letzten überlebenden Erben, die sich von keinem der Würdenträger den Platz hinter dem gläsernen Sarkophag streitig machen ließen, so würde man heute noch all diese ausgeklügelten Ehrerweisungen der Spontaneität ihrer Anhänger, zumal der zahlreichen Mitglieder der internationalen Elsner-Gesellschaft zuschreiben, die sich weniger durch ihr Konzept als vielmehr durch ihre werbeträchtige Rührigkeit auszeichnen.

Dieses Ehepaar indes wartete in seiner Verbitterung nicht einmal das Ende der Beisetzung ab. Während die Hochschwangere mit ihrer schleppenden Gangart zusätzlich das angezettelte Zeremoniell verzögerte, schreckte der Polizist nicht davor zurück, die zahlreichen Würdenträger unter ständigen Hinweisen auf seine Schlag- und Schußwaffen in einem angemessenen Abstand zu halten, in einem Abstand nämlich, der es ihm gestattete, ohne Unterlaß Wörter wie Geltungssucht und Größenwahn fallen zu lassen.

Bei der Enthüllung des Elsner-Denkmals, vor dem der Zug hielt, legten die beiden los, nachdem sie angesichts der riesigen bis zur Unähnlichkeit idealisierten Statue ganz augenscheinlich nach Luft geschnappt hatten. Ehe der Redner mit einer Ansprache, die stilistisch dem Spätwerk der Gisela Elsner auf eine Weise ähnelte, die keinerlei Zweifel über ihren Ursprung ließ, beginnen konnte, hatte eine Anzahl Elsner-Interpreten alle Hände voll zu tun, die Schwangere davon abzuhalten, über den Sarkophag herzufallen.

Das muß man uns zurückerstatten, rief sie auf das Denkmal weisend.

Man soll, heißt es so schön, die Toten ruhen lassen. Weil es sich hier jedoch um eine Tote handelt, die von vornherein auf nichts anderes als Trubel aus war, hält der Berichterstatter ein Verschweigen der Einzelheiten für unangebracht. Während manch einer unserer Dichter, die uns Wertvolleres zu sagen hatten, in aller Stille und Bescheidenheit unter seinem schlichten Stein zu Staub zerfällt, zog es Gisela Elsner bezeichnenderweise vor, selbst aus ihrer Verwesung ein Aufhebens zu machen.

Nicht allein ihre Texte, nein: auch ihr Totenhemd betreffend schreckte sie keineswegs vor Zugeständnissen an die Mode zurück. Der glitzernde, durchlöcherte Stoff zeigte deutlich die trotz der Kühlanlage mehr und mehr anlaufende, lappig auf den Knochen haftende Haut. In den offenen Augen unter der bis auf zwei Zotteln kahlen Schädeldecke hatte sich die Iris zwar zersetzt. Doch waren diese Augen bis zur Stirn mit farbigen Ornamenten umrahmt. Der ebenfalls offene Mund, auf dessen Oberlippe, sich eine dicke Hornschicht gebildet hatte – mit seiner Hilfe legte Gisela Elsner, seit es ihre verkrampften Finger nicht mehr erlaubten, einen Stift zu ergreifen oder die Tastatur ihrer Schreibmaschine zu betätigen, in ihren letzten Lebensjahren ihre zunehmend verwässert werdenden Gehässigkeiten schriftlich nieder – der ebenfalls offene Mund war von einem Gesichtschirurgen offenbar in der mißglückten Absicht, die Miene hämisch wirken zu lassen, in die Breite gezogen worden. Tatsächlich hatte das Gesicht dadurch einen an Überrumpelung grenzend überraschten Ausdruck angenommen, den es nun wohl oder übel bis zum Zerfall beibehalten wird.

Während der Berichterstatter von der vorwärtsdrängenden Menge am Stehenbleiben gehindert, den Sarkophag aus den Augen verlor, wurden ringsum von der Elsner-Stiftung Gedenkartikel: Elsner-Schreiber, Elsner-Plaketten, Elsner-Anstecknadeln und Luftballons mit der Signatur der Toten verteilt. Auch ließ man Lose ziehen, die dem Gewinner nicht weniger verhießen als ein Stipendium an der derzeit noch in Zelten und Wohnwagen untergebrachten Elsner-Universität.

Hätte sie diese Ausschlachtung ihres Leichenbegängnisses nicht selbst mit ihrer letzten Lebenskraft angezettelt, so wäre man angesichts der sterblichen Hülle, die zumal durch den sie umgebenden Flitter noch aasiger wirkte als sie es ohnehin war, zumindest zum Mitleid fähig gewesen. Die Verteilung läppischer Schreiber, Plaketten, Anstecknadeln und Luftballons genügte nämlich, um die Aufmerksamkeit von der Verschiedenen abzulenken. Sie lag inmitten des tumultartigen Trubels für eine Weile völlig verlassen da, ehe der Elsner-Club die in der Elsner-Statue eingerichtete Elsner-Bibliothek verließ und sich des Sarkophags, immerzu mit Flugblättern und Formularen um Mitglieder werbend, annahm.

Erstaunt stellte einer dieser von Kopf bis Fuß mit schwarzem Leder bekleideten, behelmten Halbwüchsigen fest, wie stark der Leichnam in der Zwischenzeit angelaufen war, und betätigte naserümpfend, als dringe der Geruch trotz der Abdichtung aus dem Sarkophag, augenscheinlich den Schalter einer Kühlanlage. Denn als der Zug in die auch an diesem Tag überaus belebte Elsner-Allee einbog, überzog sich die Gestalt im Sarkophag mit einer Eisschicht.

Wie unzulänglich die Methoden waren, mit denen Gisela Elsner Club-Mitglieder anwerben ließen – man versprach ihnen nicht etwa Leseabende, sondern verbilligte Reisen zu Land, zu Wasser und durch die Luft –, erwies sich auch anläßlich dieser Beisetzung. Statt feingeistige Literaturliebhaber gewann der Club abenteuerlustige Herumtreiber, Schlägertypen zumeist, wie die Halbwüchsigen beispielsweise, die nun mit einer selbst für den Berichterstatter zu weitgehenden Pietätlosigkeit meinten: Obacht, die Wachtel friert uns ein.

Der Zug geriet nochmals ins Stocken, weil sich die Burschen nicht einigen konnten, ob ein jähes Auftauen nach der starken Vereisung nicht den ohnehin üblen Zustand der sterblichen Hülle verschlechtern konnte. Mit ihrem Ratschlag, sie dennoch aufzutauen, erwiesen die allzu beflissenen Elsner-Interpreten der Gisela Elsner allerdings einen Bärendienst. Sie quoll tatsächlich merklich auf. Und während Wasser die tiefen Furchen ihrer Haut entlanglief, tauchte im Sarkophag etwas in diesem Rahmen nicht näher zu Bezeichnendes, äußerst Unschönes auf.

Ob sich der Trauerzug aus Zeitmangel oder auf Geheiß der Gisela Elsner über den Marktplatz bewegte, konnte der Berichterstatter leider nicht in Erfahrung bringen. Jedenfalls löste das Auftauchen dieses ansehnlich langen Leichenzugs auf dem Marktplatz unter den Käufern an den Geflügelständen, aber auch an den Fischständen eine Fassungslosigkeit aus, die die Geschäfte tagelang lahmlegte. Selbst das Obst, behaupteten die Marktfrauen, werde sogar derzeit von den Kunden noch argwöhnisch auf Wurmstiche hin beäugt.

Unwürdig waren in der Tat diese Bemühungen der Gisela Elsner, sich mit allen Mitteln nicht nur im Gedächtnis der Lebenden zu erhalten, nein: nachgerade einzunisten, egal, ob man sie nun gern vergessen hätte oder nicht. Während die ahnungslosen Trauergäste vor der Gruft angelangt auf eine Grabrede warteten, bedienten die Halbwüchsigen, überaus konzentriert mit einem Male, mehrere Knöpfe und Hebel am automatisierten Sarkophag, der sich mitsamt der angenieteten Gestalt aufrichtete.

Eine Luftströmung brachte das Totenhemd sowie die beiden sorgsam gelockten Zotteln an der Schädeldecke zum Flattern, marionettenhaft nickte der Kopf der Trauergesellschaft zu, die

Hände vollführten Gebärden, als wollten sie ein etwaiges Beifallklatschen zum Verebben bringen, und die von einem verborgenen Tonband auf Lautsprecher übertragene Stimme der Gisela Elsner redete die Würdenträger in der rechten Reihenfolge an.

Obwohl diese vermeintliche Hellseherei, weil Gisela Elsner selbst es war, die die Namen und die Aufstellung der äußerst willfährigen Gesellschaft bestimmt hatte, kaum ans Wunderbare grenzte, nahmen die Würdenträger unwillkürlich die fast schülerhafte Haltung von zur Rechenschaft Gezogenen an. Während selbst der Polizist und die Schwangere geduckt aus Furcht, hier in aller Öffentlichkeit bloßgestellt zu werden, hinter die Rücken der Würdenträger traten, lenkte ein tieffliegender Hubschrauber, der, und hier wurden die Anweisungen der Gisela Elsner höchst fehlerhaft ausgeführt, Blumen einen Augenblick zu früh auf den Parkplatz vor dem Friedhof warf, die Aufmerksamkeit ab.

Diese sogenannte Auferstehung, mit der sich Gisela Elsner lieber zur Schaubudenfigur als zur Leiche stempelte, kann nun jedermann, der seine Münzen nicht in die Erfrischungs- und Genußmittelautomaten neben dem Sarkophag steckt oder in die Musik-Box, gegen geringes Entgelt, ein Entgelt übrigens, das wiederum der Gruftpflege zugute kommt, ablaufen lassen, solange noch die Haut die Knochen zusammenhält, solange noch Knochen, noch Knochenstücke vorhanden sind. Selbst den Staub wird, wer Lust hat, eines Tages aufwirbeln können.

Eine gute Gesellschaft ist es weiß Gott nicht, die, und das zeichnet sich bereits kurz nach der Beisetzung ab, dort unten nicht allein die Ruhe dieser einen Toten stört. Zumal die Angetrunkenen scheinen einen Spaß am Spiel mit diesem vollautomatisierten Sarkophag zu haben, der die Spielsalonbesitzer um ihre Kunden fürchten läßt. Die Einnahmen für die gespenstische Hantiererei mit ihren Gebeinen – eine mehrsprachige Gebrauchsanweisung für Knöpfe und Schalter hängt über dem Sarkophag – sind schon jetzt so beträchtlich, daß man eine Erweiterung der Gruft ins Auge faßt, die die Familiengräber ringsum in Mitleidenschaft ziehen dürfte. Zu den Protesten schweigt der Stadtrat.

Die Mannschaft der Gruftwächter, die dafür Sorge tragen soll, daß keine allzu groben Ausschreitungen stattfinden, die jedoch Messerstechereien nicht zu den Ausschreitungen zu zählen scheint, muß stündlich ihrer Erschöpfung wegen abgelöst werden. Bezeichnenderweise hat man es für nötig gehalten, sogar ein paar Hinauswerfer anzuheuern. Unterbinden können auch sie gewisse Geschmacklosigkeiten, die der Gruft den Ruf einer Absteige eingetragen haben, kaum.

Wer hätte nicht ein Einsehen, daß einer lebend solche Gesellschaft keiner vorzieht. Was aber soll's für eine Tote, die zudem die unablässige Spielerei von Rohlingen rascher noch, als die Natur es will, zerfallen läßt. Es ist wahr, in welchem Maße ihre Angst, Hals über Kopf, wie sie es nannte, abtreten zu müssen, mit ihrem Alter wuchs, mag der ahnen, der Gisela Elsner unermüdlich, solange sie sich auf den Beinen halten konnte, blind fast, taub fast und mehr und mehr schrumpfend, bei Ärzten, Forschern und landein, landaus berüchtigten Scharlatanen vorsprechen sah, immerzu fragend, ob es inzwischen gelungen sei, das Leben zu verewigen.

Daß sie zuallerletzt von ihrem Körper nur noch Kopf und Mund bewegen konnte, daß sie die eigene Stimme nur noch mit Hilfe von weithin hallenden Schallverstärkern einerseits und Hörapparaten andererseits verstand, daß sie nur noch den grellen Lichtschein der auf sie gerichteten Scheinwerfer als Helligkeit empfand, daß sie mit einem Wort nur noch äußere Einwirkungen, die üblicherweise zur Folter verwendet werden, wahrnahm, störte sie weniger als ihr Personal, das mit seinen fünf unversehrten Sinnen inmitten dieses ohrenbetäubenden Lärms, inmitten dieses blendenden Lichts Tag und Nacht, schwitzend in der Hitze, die den seit langem nur noch pelzbedeckten Körper der Gisela Elsner kaum mehr lauwarm machte, die Einzelheiten der besagten Veranstaltung bearbeiten mußte.

Es heißt, das Personal habe erst nach langwierigen Umfragen auch in ihrem Fall auf den Erfolg des Billigen gesetzt. Es wimmelte, ehe sich Gisela Elsner zu ihrer Methode entschloß, vor Beobachtern, die Begräbnissen der Berühmten wie der Berüchtigten beiwohnten. Der Zulauf stellte sich, weil das Erbauliche eben nur als fad empfunden wurde, stets bei den wohlfeilen, eher volkstümlichen, wenn nicht gar tingeltangelhaften Begräbnissen der Verrufenen ein, deren sterbliche Überreste zwar weder Trauer noch Mitgefühl, dafür aber Neugier erregten.

Als weise läßt es sich beim besten Willen nicht bezeichnen, wenn jemand die letzte Gelegenheit förmlich beim Schopfe packt, um ein öffentliches Ärgernis zu bieten, sondern lediglich als gerissen. Man soll, heißt es so schön, die Toten ruhen lassen. Aber diese Tote bedient sich ja im Friedhof noch einer Ellenbogentechnik, die die Gebeine der ringsum in Frieden Ruhenden zu verdrängen droht.

Nachdenklich hätte die unermüdlichen Lobhudler zumindest die Tatsache stimmen müssen, daß es immerhin eine Siebenundneunzigjährige für notwendig hält, sich aus terminlichen Gründen das Leben zu nehmen. Weiter läßt sich, sollte man meinen, die Berechnung weiß Gott nicht treiben: die Beisetzung verlief, vom verfrühten Abwurf der Blumen einmal abgesehen, wie am Schnürchen. Keiner der Würdenträger war verreist oder sonst wie verhindert, keiner der Ersatzleute der Würdenträger fehlte, der Transport des Kunststoffdenkmals sowie der Kunststoffkuppel ihrer Gruft vom Flugzeugschuppen bis zum Zentrum der Stadt war nur eine Frage von Stunden, die Wettervoraussage schließlich verhieß einen wolkenlosen Tag mit ungewöhnlicher Hitze.

Wer keine Tränen vergießen wird, soll Gisela Elsner gesagt haben, der wird zumindest schwitzen.

Julia Franck

Bäuchlings

Ich knie auf dem Parkett vor dem Sofa und beobachte Luise, wie sie schläft. Sie schläft sich den Rausch ihres Geburtstags aus. Draußen Zionskirchplatz ohne Verkehr, auch von der Kastanienallee höre ich wenig. Luise schmatzt im Schlaf, ganz leise, fast unhörbar. Ich streiche über den Saum des Chiffons, der rauh ihren Hals umschließt, rieche sie, ihren vertrauten Geruch, der mich an frischgeschnittenes Gras erinnert, ziehe die rotblonde Locke aus der Falte, die sich am Hals gebildet hat, und suche die glatte Haut ihrer Wangen ab – ob sich schon im entspannten Zustand eine Spur ihrer Grübchen entdecken läßt? –, ihre Haut ist von blassen Sommersprossen übersät. Ich liebe Luise. Und noch etwas: Sie ist meine Schwester.

Es klingelt, sie regt sich nicht. Als ich aufstehe, knarrt das Parkett unter meinen nackten Füßen. Über der Lehne des Sofas hängt ihr schwarzes Lederbustier, ich nehme es, der warme Geruch steigt in meine Nase, ich ziehe es an. Meine Brüste haben Platz in den Schalen, beim Gehen stoßen sie vorn an das Leder. Draußen im Flur schlüpfe ich in ihre Schuhe: leichte altmodische Schuhe mit Absätzen, die laut sind und das Parkett zerkratzen, ich drücke auf den Summer und gehe in die Küche, wo über dem Stuhl mein Kleid hängt. Ich streife es über und bemerke, daß die langen Träger des Kleides viel von dem Bustier sehen lassen, aber es ist zu spät, etwas anderes zu suchen. Ich bleibe hinter der angelehnten Tür stehen und lausche in das Treppenhaus, bis ich die Schritte auf dem letzten Absatz höre. Ich öffne.

»Was machst du hier?« frage ich Olek, fast möchte ich sagen: Sie empfängt noch nicht.

»Zu Luise«, sagt er hastig, er möchte zu Luise, fährt sich durch die kurzen verklebten Haare, ich lasse ihn herein, und sein nackter Arm berührt meinen.

»Sie schläft noch«, sage ich und lehne mich an den Rahmen der Küchentür.

»Dann weck sie, es ist wichtig, ich muß sie sehen.«
»Und warum warst du dann gestern nicht da?«
»Bei ihrem Geburtstag? Sie hat mich ausgeladen.«
Olek möchte an mir vorbei, ich suche die zufällige Berührung, aber er weicht aus und tritt in die Küche. Der Kragen seines T-Shirts ist etwas schmuddelig, die Sonne hat seinen Nacken gerötet. Ich schließe die Wohnungstür. Sein Blick fliegt über die benutzten Gläser, die überall auf den Fensterbrettern und Regalen stehen. Er dreht sich zu mir um, die Unruhe in seinen Augen amüsiert mich, ich muß an die zwei anderen Liebhaber denken, die gestern unter den Gästen waren und Luise den Abend versüßt haben, bevor sie nacheinander gegangen sind.
»Was ist es denn, was dich so aufregt?« frage ich mit leichtem Spott.
»Der Hund, er wurde angefahren.« Olek sieht mich nicht an, ich erinnere mich, daß Luise ihm vor wenigen Tagen ihren Hund anvertraut hat, damit die Geburtstagsgäste nicht gestört würden. Er knetet seine Hände, und ich sehe die Adern an seinen Unterarmen hervortreten.
»Warte hier, ich weck sie.«
Ich gehe zu Luise in den Salon. Das Fenster schlägt zu, ich hatte es vorhin geöffnet, um die Nachtluft hinaus- und den Tag hereinzulassen.
Sie liegt bäuchlings auf dem Sofa, die Locken fallen über die Lehne bis auf das Parkett, und auch ihr linker Arm hängt herunter. Sie hat den Kopf seitwärts gedreht und auf dem rechten Arm abgelegt. Die kleinen Härchen im Nacken schimmern gegen das Licht, der blaue, durchsichtige Chiffon bildet an der tiefsten Stelle des Rückens eine dunkle Falte, ihr Hintern wölbt sich weiß unter dem Stoff.
»Luise«, flüstere ich, sie regt sich nicht. Ich knie mich erneut vor das Sofa, denke an den verletzten oder toten Hund und daran, wie ich ihr diese Nachricht ersparen könnte. Sie mochte ihren Hund, ganz im Gegensatz zu mir, die ich mir oft gewünscht hatte, er wäre tot und ich mit Luise allein. Ich erinnere mich, wie wir noch jünger waren, vielleicht war ich fünfzehn und sie siebzehn, und wie sie den damals noch jungen Hund mit

gegrillten Lammhäppchen fütterte, die auch ich sehr gerne mochte. Ich hatte sie angebettelt, sie möge mir nur ein Stükkchen davon abgeben, ein klitzekleines, ein winzig kleines Häppchen, und sie drehte sich zu mir: »Komm, Schwesterchen, süße Schwester, komm«, lockte mich Luise. Sie grinste, und kaum öffnete ich meinen Mund – spürte schon das saftige Fleisch auf der Zunge –, stieß sie mir die Gabel tief in den Rachen. Ich schrie auf, Luise lachte.

Mit dem Kopf voran beuge ich mich tief hinab, fast bis zum Boden, dorthin, wo ihre Hand liegt, und rieche an ihrem Handgelenk, so daß sich die Poren in meinem Mund verengen und Wasser sich sammelt, ich muß schlucken und wandere mit der Nase aufwärts bis zur Armbeuge, dort duftet es nach ihrem Mädchenschweiß und vielleicht nach der Spucke von Hans, dem zweiten Liebhaber von gestern, nach seinen Küssen.

»Luise«, flüstere ich wieder, wobei meine Lippen aus Versehen ihre Armbeuge streifen, so daß sie sich räkelt und einmal schnell ausatmet und ein Auge öffnet, mich ansieht, einatmet, die Lider zu- und wieder aufschlägt.

»Was ist?« fragt sie, sie dreht sich auf die Seite, so daß mir ihre Brüste entgegensehen, auch sie flüstert, als hätte sie mich doch gehört, gehört, daß ich flüsterte, und nun flüstert auch sie, als hätten wir ein Geheimnis.

»Draußen ist Olek.«

»Der?« Sie lächelt, blinzelt und muß gähnen, hält sich vornehm die Hand vor den Mund, und während sie die Hand sinken läßt, kann ich sehen, wie sie sich mit der Zungenspitze von innen gegen die Zähne stößt, dann leckt sie sich über die Oberlippe und fragt: »Was will er?«

Ihre Brustwarze zeichnet sich unter dem Chiffon ab, ich rieche ihr ledernes Bustier aus dem Ausschnitt meines Kleides und nicke unschlüssig: »Dich sprechen, nehme ich an.«

»Sprechen?« Sie lächelt wieder, und ich sehe ihre Grübchen. »Ich mag nicht sprechen, sag ihm das, nein, sag ihm, ich kann nicht, es geht mir schlecht, schlecht, sehr schlecht, ich will ihn nicht sehen!« Jetzt muß sie lachen, daß ich fürchte, Olek könnte sie hören, »keine Lust!« – fast gibt sie das Flüstern auf. Sie liegt auf dem Rücken und streichelt mit einer Hand über ihre Brust, sie lächelt mich an, dann dreht mir Luise den Hintern zu. Das Hemd ist nach oben gerutscht, und ich sehe ihn, die weißen runden Hügel, die nur von dem Seidenslip getrennt werden. Sie scheint zu wissen, daß mich ihre Blicke verführen, und verfolgt über die Schulter, wie ich jeder ihrer Bewegungen folge und bisher jedem Blick standhalte.

Ich verlasse den Salon und kehre in die Küche zurück. Olek lehnt am Fensterbrett und knetet seine Hände und wartet.

»Sie kann nicht«, sage ich und schiebe den Träger des Kleides zurecht, der oft herunterrutscht, weil meine Schultern nicht gleich hoch sind. Er sieht mich fragend an, ich muß lächeln, ich muß immer lächeln, wenn ich vorhabe zu lügen. Trotzdem sage ich: »Sie fühlt sich krank, hat Kopfschmerzen – Kater ...« Olek sieht mich noch immer fragend an, als überlege er, ob mir zu glauben sei. Er stößt sich vom Fensterbrett ab und macht einen Schritt auf mich zu. Ich fürchte, daß er zu ihr will, stelle mich gegen die Küchentür, gebe ihr mit dem Hintern einen Schubs, so daß sie ins Schloß fällt. Er soll nicht zu ihr, ihr das Lächeln aus dem Gesicht vertreiben, das könnte ich nicht leiden. Er kommt auf mich zu, bleibt dicht vor mir stehen und stützt eine Hand am Türrahmen neben mir ab, sein Gesicht nah an meinem, sein hastiger Atem, die Ader, die unter der Haut am Hals puckert, die andere Hand, die sich bewegt, vermutlich in der Hosentasche verschwindet, ich wage es nicht, meinen Kopf zu senken, seine Nähe macht mir Lust, ich möchte sein Gesicht nicht aus den Augen verlieren. »Du hast es ihr gesagt?« keucht er. Ich schließe kurz die Augen, um mir das Nicken und jede ausladende Geste zu sparen. »Du lügst doch nicht?« fragt er weiter. Wieder schließe ich die Augen. Ich spüre seine Stimme auf meiner Wange, ein Wind, zart, der mich streichelt und jagt. Er sieht geradewegs in meine Augen, und ich, die ich ihm keine Verwirrung zeigen möchte, sehe durch seine hindurch, weit, ich suche nach einem Halt hinter seinen Augen, bis ich ihn habe, und dicht dabei sein Ohr, in das ich beißen könnte, oder meine Zunge in der Muschel versenken, wenn ich nur wollte, und weiter weg Luise, nebenan. Er läßt den Türrahmen los, macht einen Schritt zurück und dreht mir den Rücken zu.

»Ist Luise allein?« fragt er. Seine Stimme flieht.

Ich lache auf, viel zu hell für so eine Frage: »Natürlich ist sie allein.«

»Krank?«

»Ist das nicht egal?«

Er reagiert nicht, hat nichts bemerkt. Mein Blick ist wieder sicher, auch ein Lächeln kommt dazu.

»Möchtest du etwas trinken?« frage ich.

»Habt ihr Eis?«

Ich antworte, indem ich zum Kühlschrank gehe, Eiswürfel heraushole, drei in sein Glas gebe und ihm Wasser dazuschenke. Er lehnt sich vor das Fenster und sieht mich nicht mehr an, statt dessen beobachtet er die Eiswürfel, die leise in dem lauwarmen Wasser knacken. Er könnte einen Eiswürfel zwischen die Lippen nehmen, wie man das so aus Filmen kennt, tut es aber nicht, sondern stellt das Glas aufs Fensterbrett, sieht an mir hinunter, auf meine nackten Beine, und fragt: »Hast du unter dem Kleid etwas an?«

Unwillkürlich muß ich an mir hinuntersehen, auf die nackten Beine, die glänzen, die nackten Füße in Luises Schuhen. Sollte das Kleid durchsichtig sein? Ich muß denken: Was fällt ihm ein? Und: Mit so einem vergnügt sich Luise? Luise? Und sie? Trägt sie unter ihren Kleidern etwas? Und wenn sie sich mit ihm trifft und sich zum Gespräch hinsetzt, am Küchentisch, ein Bein anwinkelt und den einen Fuß zu sich auf den Stuhl zieht, wie sie es häufig macht – was sieht er dann, ihre Schenkel, wie sie schimmern, die glatte Haut, ihr kurzes, rotblondes Haar, das sich unter dem Kleid kräuselt, vielleicht noch tiefer, dorthin, wo es rosa wird und dunkler?

Und ihre Hände, die dabei unschuldig auf Tisch und Bein liegen, die Schultern, nackt, und über allem rote Locken, die auch über ihre Brüste und bis auf den Bauch fallen, und unter allem ihre blanke Haut. »Was ist?« fragt mich Olek. Sieht er sie so?

Ich hebe den Kopf, will weder ja noch nein sagen. Mein Mund ist trocken. Ich gehe zur Spüle, drehe den Hahn auf und trinke. »Und du?« frage ich zurück, als ich den Kopf hebe, den Hahn zudrehe und mir mit der Hand das Wasser vom Gesicht wische – meine Lippen fühlen sich glatt an, sie sind von der Mittagshitze leicht geschwollen – die Partie zwischen Nase und

Mund zittert ungewollt, so daß ich die Oberlippe beim Sprechen etwas nach vorne schiebe. »Hast du etwas drunter?«

Olek kommt zu mir an die Spüle, er stellt sich so dicht hinter mich, daß ich mich nicht mehr zu ihm umdrehen kann, und legt seine flache Hand auf meine Hüfte, die Hand preßt den dünnen Stoff auf meine Haut, auf meinem Rücken bildet sich feiner Schweiß, seine Hand läßt nicht los, er sagt nichts, ich denke an Luise, die nebenan schläft, an ihre Brüste, die in denselben Schalen lagen wie meine jetzt, ich rieche Luise aus meinem Ausschnitt, spüre, wie er seine Hand fast unmerklich nach vorne schiebt, über das Becken und wieder zurück, ich spüre die Wärme seines Körpers durch mein Kleid, wie sie das unterste Ende meines Rückens umfängt – ist das sein Atem an meinem Hals? Will er etwas sagen? Sein Atem an meiner Schulter. Ich höre den Stoff, der zwischen uns reibt – und seine Wärme, eine feuchte Wärme, strahlt, kitzelt den Bauch, den Schamhügel, daß sich die Haut zusammenzieht, die Brüste in dem Bustier gegen das Kleid stoßen. Ich kann mich nicht umdrehen. Seine Hand gibt nicht nach. Vielleicht sind Luises Hüften höher, sicher sind sie weicher – und ihr rotes Haar duftet anders als mein schwarzes. Mein Schambein stößt hart gegen den metallenen Rand der Spüle, ich halte dagegen. Ich stelle mir vor, wie er hinter Luise steht, wie seine andere Hand zwischen ihren Backen der Seide folgt, nach unten gleitet, sich hart zwischen ihre Schenkel schiebt, wie er sich an sie drückt, seine Finger an ihr näßt, und wie er ihr Kleid hochschiebt und in sie stößt, während ihre Brüste über dem Spülbecken hängen oder über das Bustier quellen – ich muß lächeln, spüre seinen Atem, halte den meinen an –, und ich sehe ihre Locken in seinen Händen, die Locken, die plötzlich schwarz und meine sind, die fangen seine Hände, und seinen Schwanz, ziehen ihn in mich hinein. Ich umschließe ihn fest, lasse locker und nehme ihn tiefer, dann spüre ich seinen Mund am Haaransatz hinter meinem Ohr, noch immer steht er hinter mir. Seine Hand auf meiner Hüfte wird unerträglich, diese Hand, die die einzige Berührung ausmacht, die alles bringt und alles hält. Ich atme aus und höre mich leise dabei, zucke zusammen, spüre etwas innen an meinem Schenkel, als rinne dort etwas entlang, stelle das linke Bein fest zu dem rechten, presse die Schenkel aneinander, rutsche dabei ein Stück zur Seite, wo das Metall der Spüle noch kalt ist. »Nein«, sagt er, »ich nicht«, und ich spüre ihn flüchtig, seine Erregung, kurz nur, die meinen Hintern sucht, als ich die Küchentür höre – ich weiß, daß er nackt unter der Hose ist – und ich zur Seite schaue, Luise ansehe, die vor uns steht und ihre Augen zusammenkneift, spüre, wie er zufällig über meine Hüfte streift, sie dabei losläßt und wiederholt: »Ich nicht, ich glaube dir nicht – und sieh mal an, da ist Luise ja«, er seufzt, und ich weiß nicht, ist es wegen Luise, mir oder dem Hund, er wendet sich Luise zu, ich bleibe noch einen Augenblick unbewegt stehen, streiche mir dann mit einer Hand meine Haare aus dem Gesicht, ziehe mein Kleid nach hinten.

»Du bist immer noch da?« fragt sie Olek, ohne ihren Ärger darüber zu verbergen.

»Ich wollte gerade gehen, aber ich muß dir etwas sagen.«

»Schön«, sie hält ihm die Tür auf, sie gehen in den Flur, wechseln Worte. Sein Ton wird entschuldigend und bittend, ihrer abweisend und schroff.

Ich höre, daß sie sagt: »Laß mich jetzt allein, ich muß ein bißchen weinen« und die Tür geschlossen wird. Aber sie weint nicht. Luise steckt ihren Kopf zur Küchentür herein und fragt: »Kommst du? Ich habe uns eine Wanne eingelassen.« Ich könnte ihr folgen – sehen, wie sie ihr blaues Hemd im Flur fallen läßt und im Bad verschwindet. Sie hockt sich in das heiße Wasser, das schnell ihre Haut rötet, die Brustspitzen kräuseln sich, sie werden kleiner und fester. Dann steht sie noch einmal auf und entschließt sich: »Komm, ich mache dir den Reißverschluß auf.« Ich drehe ihr den Rücken zu, und sie zieht den Reißverschluß hinunter, weiter als nötig, ich spüre ihre Finger an meiner Wirbelsäule, das Kleid fällt auf die Fliesen.

Barbara Frischmuth

Wild-Frau

Es war eine verrückte Liebe gewesen. Der erste Mann, den sie wissentlich, ja geradezu vorsätzlich verführt hatte. Vom Sehen kannte sie ihn lange. Eigenbrötler, sagten die Leute. Er hatte nicht geheiratet, mähte das Gras, rechte Heu, kümmerte sich um seine Ochsen. Wenn die Tiere sommers auf der Alm waren, ging er einmal die Woche nachschauen; jeder der Männer, die Vieh auf den Bergen hatten, stieg an einem anderen Wochentag auf. Sie hatten sich vor einigen Jahren zusammengetan. Die paar Landwirtschaften, die es noch gab, lebten alle von Weidevieh und vom Zimmervermieten.

Er war immer schon da gewesen, sie hatte ihn auch früher bemerkt, auf den Wiesen oder im Wald, wenn sie spazierenging und er Holz schlug. Aber nie hatte sie ihren Blick an ihm festgemacht, bis zu jenem Sommer.

Sie war wegen der Erbschaftsgeschichte zurückgekommen. Es ging um das Haus, und es zahlte sich aus, daß sie die Zeit im Dorf abwartete, bis geklärt war, ob und wie sie es mit ihrem Bruder zu teilen hätte. Oder ob sie sich auszahlen ließ, um ein kleines Geschäftslokal zu kaufen, für die Perlenstickereien, mit denen sie handelte und die sie zum Teil auch selbst verfertigte. Eine Entscheidung, für die sie sich Zeit zum Nachdenken lassen wollte. Auch war sie erholungsbedürftig, und das Dorf bot die besten Voraussetzungen für einen längeren Urlaub.

Sie war mit ihrem Bruder, dessen Frau und einigen Freunden zum Biertrinken in ein Gasthaus gegangen, das fast nur von Einheimischen besucht wurde. Außer es war ein Scheibenschießen angesagt, das ein prominenter Landesbürger und Freund des Ortes für seine Klientel ausrichtete.

An jenem Abend waren sie an einem der langen Tische einander gegenüber zu sitzen gekommen. Da bemerkte sie zum ersten Mal, wie gut sein Kopf geformt war. Sie hatte früher gemalt und kannte sich aus mit Köpfen. So wie er da saß, in dem üblichen grünen Rock, die leicht gekrausten Haare noch vom Druck des Hutes an die Schläfen gepreßt, obgleich sie von Natur aus in sämtliche Richtungen strebten, kam er ihr wie verkleidet vor, und sie versuchte, ihn sich in einem Rollkragenpullover mit Sakko vorzustellen, von Beruf Physiker oder Biologe, und siehe da, der Kopf mit dem ungewöhnlichen Profil stimmte. Auch stach seine Hagerkeit von der sonst üblichen Bierfülle einnehmend ab. Nur seinen Händen war die Schwere der körperlichen Arbeit anzusehen.

Sie unterhielten sich über Sinn und Unsinn einer Wintersaison in dieser Gegend und über die Vor- und Nachteile des Fremdenverkehrs überhaupt. Die Sprache, deren er sich dabei bediente, ließ den Schluß zu, daß er mehr las als die tägliche Regionalzeitung. Der auslösende Satz aber kam von ihrem Bruder, der, als sie wieder zu Hause waren und sich noch ein Weilchen im Wohnzimmer zusammengesetzt hatten, eine Bemerkung machte, nämlich daß er, dieser Mann, ein heimlicher Jäger sei, der dem archaischen Brauch anhing, der besagt, daß das Recht auf Wild den Einheimischen zustehe und nicht dem Jagdherrn. Ihr Bruder hatte das eher ironisch gemeint, doch für sie entstand noch in derselben Nacht eine Legende daraus. Sie wollte den heimlichen Jäger.

Geschick war ihre Stärke. Was sie aus Perlen machen konnte, war ungewöhnlich und hatte ihr einen entsprechenden Ruf eingetragen, zumindest in Fachkreisen. So war es auch diese ihre Tätigkeit, die sie vorschützte, um in die Nähe des heimlichen Jägers zu kommen. »Ich möchte«, sagte sie zu ihrem Bruder, »in sein Haus. Es ist eines der ältesten und schönsten im Dorf. Gewiß gibt es da alte Muster. Ich bin auf Anregungen dieser Art angewiesen.« Ihr Bruder, durch die Erbschaftsgeschichte ein wenig unter Druck, versuchte, ihr kleine Wünsche umgehend zu erfüllen. Die Schwägerin nahm es auf sich, ein Treffen zu vereinbaren.

Das Haus war nicht besonders groß und hatte so gar nichts Klobiges an sich. Eine Veranda, ein Vordach, ein Balkon, der im Winter mit Brettern verschalt wurde, eine rote und eine weiße Kletterrose. Sie hätten Glück, sagte der Mann, ab dem Wochenende sei nämlich das Haus, wie jeden Sommer, an eine Wiener Familie vermietet. Er würde dann in dem kleinen Ausgedinge leben, drüben, hinter dem Stall.

»Bitte«, sagte er zu ihr, »du kannst dir alles anschauen.« Da sie beide im Dorf aufgewachsen waren, duzten sie sich von Haus aus. Sie durchstöberte die beiden Stockwerke, fand auch einiges, das sie interessierte, machte Skizzen und zögerte den Besuch hinaus, so daß aus der geplanten Jause, zu der ihr Bruder den Mann in das Gasthaus auf dem Berg einladen wollte, ein Abendessen wurde. Sie war aufgekratzt und so unterhaltsam, wie ihr Bruder sie noch nie erlebt hatte, während sie die ganze Zeit den Blick des Mannes auf sich ruhen fühlte. Die Gesellschaft vergrößerte sich rasch. Bekannte ihres Bruders setzten sich dazu, sie aßen Gemsenfleisch und tranken ziemlich viel Wein.

Auf der Fahrt ins Tal saß sie neben dem heimlichen Jäger im Fond des Wagens. Und während ihr Bruder langsam eine Serpentine nach der anderen ausfuhr – auch er hatte Wein getrunken –, griff sie nach der Hand des Mannes und begann mit einem Fingerspiel. Er zuckte so heftig zusammen, daß sie befürchtete, zu weit gegangen zu sein. Doch antwortete er sogleich. Sie hielten beide den Atem an. Es war ein Gefühl wie beim Anblick mehrerer Sternschnuppen gleichzeitig.

Ihr Bruder wollte den Mann nach Hause fahren, aber der bestand darauf, zu Fuß zu gehen. Das sei ihm allemal lieber.

Ihr war es nun recht, daß die eine, wenn auch kleinere Hälfte des Hauses, über die sie befinden sollte, einen separaten Eingang hatte. Sie wartete eine Weile, bis Bruder und Schwägerin im Haus verschwunden waren, dann holte sie sich den heimlichen Jäger. Er war, wie sie vermutet hatte, in der Nähe ihrer Tür geblieben, im Schatten einer blühenden Deutzie.

Er folgte ihr in die Liebe wie ein Kälbchen, und es störte sie an jenem Abend gar nicht, daß das Kälbchen nach Stall roch. Sie bemächtigte sich seiner, wie sie sich noch nie eines Menschen bemächtigt hatte. Berauscht von der Lust des Eroberns, verwehrte sie ihm jede Eigenmächtigkeit. Selbst als er in sie drang, war sie es, die sich auf ihn gesenkt hatte, und das Stöhnen, das sie ihm nach und nach entlockte, trieb sie weiter in eine selbstgewählte Ekstase.

Er war kein junger Mann mehr. Sein Körper fühlte sich hart an und sehnig, doch ihr umfassender Ansturm kitzelte eine

Kinderstimme aus ihm hervor, die auch noch in dem langen Flüstern nachklang, in das sie anschließend verfielen. Sie ließ ihn gehen, kurz bevor es hell wurde, nicht ohne sich für die nächste Nacht verabredet zu haben.

Der heimliche Jäger, ihr heimlicher Liebhaber. Nicht daß es aus äußeren Gründen notwendig gewesen wäre, aber beide schätzten sie die Verborgenheit. Selbst wenn sie einmal gemeinsam spazierengingen und danach in ein Gasthaus einkehrten, gaben sie sich wie Geschäftspartner. Da sie beide aus dem Dorf stammten, teilten sie den uneingestandenen Abscheu vor dem breiten Strom des Geredes, der um jeden in ihn fallenden Stein, und sei er noch so unscheinbar, die höchsten Wellen schlug.

Es traf sich gut, daß ihr Bruder und seine Frau, die das ganze Jahr über im Dorf lebten, für ein paar Wochen in den Süden fahren wollten, bevor es hier wieder den Sommer verregnete. Ihr Bruder war Gemeindebeamter und konnte seinen Urlaub frei wählen.

Sie hatten nun das ganze Haus für sich, aber sie nutzten es nicht. Höchstens einmal die Küche, wenn sie ein größeres Abendessen kochte.

Ihre Liebe steigerte sich in dem Maß, in dem sie ihn zum Erzählen bringen konnte. Allein wie er das Wort »Gams« aussprach oder »Reh« oder »Bock« sagte, übertrug eine Art von Begeisterung auf sie, die ihren Körper in Erregung versetzte. Er schien ein fotografisches Gedächtnis zu haben und konnte eine Landschaft Stein für Stein, Trittpfad für Trittpfad, Blattspitze für Blattspitze wiedergeben und die Zeit vergegenwärtigen, in der er »paßte«, wie er es ausdrückte, bis, ja bis er eine Erscheinung hatte. Genau so hörte es sich an, das Wild trat in Erscheinung, und er vergab alle Kraft seines Gefühls an diesen Anblick. Von sich aus redete er nie über den Abschuß. Wenn sie dann nicht lockerließ, fiel höchstens ein Satz wie »Manchmal schießt man halt, wenn's sein muß!« aus ihm heraus, so als käme es dabei gar nicht auf ihn an, während sein Blick etwas zusammenzufassen versuchte, das sich trotz aller Bemühung seinen Worten entzog.

Auch in ihren Ohren klangen noch Bruchstücke jener Sagen nach, die man im Dorf den Kindern erzählte, von den heimlichen Jägern und den Baumfrauen, die als Nebelstreif die Wege durcheinanderbrachten. Darin lag wohl das längst vorgegebene Muster ihrer Lust, ihn zu überwältigen, und seiner, sich überwältigen zu lassen.

Es war Heuernte, er hatte nur einen Helfer, auch den nur stundenweise. Das trockene Wetter mußte genutzt werden, und stolz, wie er auf seine Arbeitskraft war, versuchte er sich selber zu übertreffen.

Während sie an ihren Entwürfen arbeitete und jeden Tag im See schwamm, sich aber zwischendurch ausruhen und den Abenden entgegenträumen konnte.

Wenn er dann mit verbranntem Nacken, noch ein wenig nach Heu riechend, aber gar nicht nach Stall, ankam, bereitete es ihr besonderes Vergnügen, ihn mit Essen zu verwöhnen, um ihm die verbrauchten Kräfte wiederzugeben, und ihn mit Wein zu stärken, was aber immer öfter die gegenteilige Wirkung hatte – umso rascher schlief er nämlich ein.

Und wenn sie dann so im Dunkeln dasaß, seinen Schlaf anschauend, sie, die eine schlechte Schläferin war, rauchend und langsam den Wein zu Ende trinkend, verfiel sie in düstere Phantasien, die sich mehr dem Alkohol als der dörflichen Sagenwelt verdankten. Je mehr sie sich in jene heimliche Liebe hineinsteigerte, desto ausgefallener wurden ihre Wünsche. Sie erwartete bizarre Trophäen von ihm oder daß er sie totschoß, wenn es sie je nach einem anderen Mann gelüsten sollte.

Meist schlief sie erst ein, wenn er das Haus in aller Frühe verlassen hatte. Wenn sie dann mit Kopfschmerzen und rauher Kehle erwachte, schämte sie sich der Überspanntheit ihrer nächtlichen Vorstellungen und war heilfroh, daß er geschlafen und sie ihm nichts davon hatte erzählen können.

Die Sommerregen begannen, und er war wieder ausgeschlafener, wenn er sich abends ins Haus stahl. Einmal half er ihr sogar, die Wäsche, die sie noch rasch aus der Maschine genommen hatte, auf den Ständer zu hängen. Junggeselle, der er war, fand er nichts dabei. Sie hatte noch keinen Mann gekannt, der ihr dabei geholfen hätte. Mit derselben Selbstverständlichkeit tranchierte er den Lammrücken, den sie beim Fleischhauer entdeckt und gleich mitgenommen hatte. »Zerteilst du das Wild auch selbst?« Er blickte verwundert auf. »Wer sollte es sonst tun?« Dann erklärte er ihr, wie man die Kugel am besten entfernte, ohne das Fell, die Decke, unnötig zu beschädigen.

Es geschah nun öfter, daß er, wenn sie beisammenlagen, sich selbständig machte und mit kurzen heftigen Stößen den großen, von ihr in die Weite der Lust gespannten Bogen unterbrach und sie mit ihren hochgesteckten Erwartungen im Stich ließ, so als reiche ihm das, was er sich auf diese kurze und bündige Art genommen hatte. Also mußte es auch für sie reichen.

Beim ersten Mal war sie verwundert, danach ein wenig gekränkt, bis sie sich entschloß, ihn zur Rede zu stellen. Es war wohl ein wenig aus Verlegenheit, daß er lachte. Er sei nicht mehr jung genug, um das jeden Abend durchzuhalten. Auch ohne Heuernte habe er einen Haufen Arbeit, er tue ohnehin sein Bestes.

»Ich sage ja bloß ...« Sie legte sich neben ihn, damit er den Glanz in ihren Augen nicht mißverstehen sollte. Er umarmte sie, und ihr kam vor, daß er wieder mehr nach Stall roch.

»Ich möchte dich nie mehr hergeben!« Er flüsterte, während er mit seinen Arbeitshänden über ihre nackten Schultern strich.

»Wer sagt denn, daß ich dir gehöre?« Es war das übliche Geschwätz von Liebenden, die noch nicht wissen, in welche Situation sie sich gebracht haben.

Sie hatten es nach einigen Glas Wein wieder probiert, aber es wurde nichts mehr daraus. Er habe eben sein Pulver verschossen, wie er in gestelzter Selbstironie erklärte, während ihre Haut sich überempfindlich anfühlte und das Streicheln seiner rauhen Hände nicht vertrug. Sie fielen einander in die Arme und versicherten sich gegenseitig ihrer Liebe.

Bevor er sich zur Seite drehte, um ein paar Stunden Schlaf in ihrem Bett zu haben, was ihm sehr wichtig zu sein schien, stand er noch einmal auf und leerte ihren Aschenbecher. Er selbst rauchte nicht, die Kippen stanken ihm in die Nase.

Sie hatte gehofft, es würde ihr zumindest gelingen, an ihn gedrückt einzunicken, und wenn es nur für eine Stunde war. Es mußte wohl auch ruhigere Zeiten der Liebe geben. Aber es gelang ihr nicht. Oder doch? Jedenfalls hatte sie beim Erwachen ein Gefühl, als hätte sie kein Auge zugetan. Sie kroch unter der Decke hervor, fröstelte und zog den Schlafrock über. Unschlüssig blieb sie eine Weile mitten im Zimmer stehen und betrachtete den Schlafenden in dem grauer werdenden Licht, in dem sie immer mehr von ihm erkennen konnte.

Sie holte sich Mineralwasser aus der Küche und trank der Einfachheit halber aus der Flasche. Während sie so dastand, den gläsernen Hals an die Lippen gepreßt, durchfuhr es sie, daß ihr Bruder fest mit einer Entscheidung rechnete, wenn er demnächst zurückkam. Sie hatte sie lange genug anstehen lassen.

Sie liebte den heimlichen Jäger, würde sie ihn immer lieben? Die Frage war vielmehr, würde sie ihn noch mehr lieben können? Oder nur noch weniger?

Sie trat ans offene Fenster, um nach dem Morgen zu sehen, der sich langsam anpirschte. Dann gingen ihr die Augen über. Zwei, drei, fünf ... das da drüben an den Stachelbeeren mußte ein Bock sein. Zwei Geißen zupften die Knospen vom Rosenstrauch, die Kitze machten sich an den Salatbeeten zu schaffen. Welche Anmut! Ihr Blick streichelte die Hälse der Tiere, die mit lautlosen Schritten das Stück Schlaraffenland abschritten. Der Zaun hatte sie nicht abhalten können.

Das mußte sie ihm zeigen. Sie drehte sich um. Doch als sie ihn, langsam erwachend, sich strecken sah, ließ sie es. Sie hätte es nicht ertragen, seine Erregung beim Anblick des Wildes mitansehen zu müssen.

Er gähnte. Und als hätte das Rudel ihn gehört – ihr kam es zumindest wie ein ganzes Rudel vor –, merkten die Tiere auf, setzten dann eines nach dem anderen in elegantem Flug über die lebende Hecke und verschwanden in Richtung Wald.

Er hatte sich aus dem Bett gewälzt und suchte nach seinen Kleidern, während sie noch immer den Rehen nachblickte.

»Bis heute abend. Du bist doch da?« Er streifte mit seinen keimenden Bartstoppeln ihre Wange.

»Ja«, sagte sie. »Ja, natürlich. Wir müssen die Zeit nützen.«

»Welche Zeit?«

»In der dieser Teil des Hauses noch mir gehört.«

Er schien nicht begriffen zu haben, was sie meinte. Vielleicht war er zu müde. Im Hinausgehen sagte er noch »Ich bringe Fische mit.« Bedächtig schloß sie die Tür hinter ihm.

Er hatte einen Nebelstreif geliebt, war vom Weg abgekommen und gestolpert. Mitten hinein in die Gewohnheit. Er wußte nur noch nicht, daß er abgestürzt war.

Marlen Haushofer

Das Myrtenbäumchen oder die leichtfertige Mathilde

Eines Morgens, als die Post sich verspätete und der Ehemann gezwungen war, ohne Zeitung zu frühstücken, fiel sein müßiger Blick auf die Füße seiner Frau. Er seufzte bekümmert, zog ein paar Geldscheine aus der Tasche und schob sie über den Tisch. »Hier sind 50 Schilling, Mathilde«, sagte er, »geh und kauf dir auf der Stelle neue Pantoffel.«

Mathilde errötete vor Überraschung; steckte das Geld unter das Servierbrett und rannte ins Schlafzimmer, um ihre besten Strümpfe anzuziehen. Nachdem ihr Mann ins Büro gegangen war, verließ sie sofort, die 50 Schilling im Handtäschchen, die Wohnung und trat auf die Straße.

Es war ein klarer Augustmorgen, und der Tag versprach heiß zu werden. Mathilde eilte gewissenhaft von einem Schuhgeschäft zum anderen und betrachtete die Auslagen. Es gab da alle Arten von Pantoffeln, brave Hausschuhe aus grauem Filz, rote, kokette Saffianpantöffelchen und in der Mitte der Auslage zwei Märchenschuhe aus weichem blauem Leder, mit quellendem Kaninchenfell gefüttert.

Mathilde konnte sich gar nicht satt sehen, erst als sie merkte, daß sie der Anblick traurig machte, riß sie sich los und sagte sich, daß zu ihrem abgetragenen Schlafrock die Filzpantoffel viel besser paßten und daß dem Kaninchenfell bestimmt die Haare ausgehen würden.

Nachdem sie sich auf diese Weise wieder zu Vernunft gebracht hatte, beschloß sie, zunächst auf den Markt zu gehen, um Gemüse zu kaufen. Auf dem Marktplatz herrschte ein schreckliches Gedränge. Alle Leute schienen in größter Eile zu sein. Sie bohrten sich mit verbissenen Gesichtern ineinander, stießen verschüchterte Kinder zur Seite und traten den kleinen, sorgenvollen Dackeln auf die krummen Pfoten.

Vor dem Springbrunnen in der Mitte des Platzes machte sie erschöpft halt. Es gab dort eine lange Reihe parkender Autos und dicht am Brunnenrand stand ein Eisenschimmel, der sehr prächtig aussah.

Er trug keinen Federhut, kein Handtäschchen und keinen Mantel, sondern nur sein grauweißes Fell, das in der Sonne glänzte.

Mathilde starrte ihn bewundernd an, bis er langsam den Kopf wandte und sie, die gelben Zähne entblößend, freundlich ansah.

Die Ähnlichkeit mit ihrem alten Zahnarzt war nun ganz unverkennbar.

Sie suchte automatisch mit der Zunge die schadhafte Stelle an ihrem Backenzahn und fühlte sich höchst schuldbewußt.

»Nächste Woche komme ich aber bestimmt«, flüsterte sie beklommen.

Der Schimmel senkte herablassend seinen langen Schädel und schien sich nicht weiter für den Fall zu interessieren.

Gerade als Mathilde in das Schuhgeschäft treten wollte, erblickte sie auf der gegenüberliegenden Seite das kleine Myrtenbäumchen in der Auslage des Blumensalons. Sie ließ sofort die Schnalle los und lief über die Straße. Das Myrtenbäumchen kostete genau 50 Schilling, gerade drei Schilling weniger als die Filzpantoffel, und Mathilde war davon überzeugt, einen besonders guten Kauf gemacht zu haben.

Daheim stellte sie es auf den Küchentisch und betrachtete es voll Andacht. Es sah so zart und feierlich aus, daß sie es nur mit der Wange ganz schwach zu berühren wagte.

An diesem Tag räumte sie die Wohnung sehr oberflächlich auf, denn sie mußte alle paar Minuten in die Küche laufen, um nachzusehen. Schließlich wurde es dabei spät, daß sie sich abhetzen mußte, um mit dem Kochen fertig zu werden.

Zehn Minuten vor halb eins nahm sie die Myrte und stieg damit in die Dachkammer. Dort stellte sie das Bäumchen auf einen alten, einbeinigen Nähtisch zum Fenster und räumte so viel Gerümpel davor, daß man es von der Tür aus nicht mehr sehen konnte. Dann lief sie pfeifend die Stiege hinunter.

Sie war eine leichtfertige Person und machte sich nicht die geringste Sorge um ihre Zukunft.

Neben dem Teller ihres Mannes häufte sie sämtliche Zeitungen auf, die sie in der Eile finden konnte. Es waren auch einige alte darunter, aber sie wußte, er würde lieber alte Zeitungen lesen als gar keine.

Und wie die meisten leichtfertigen Leute hatte sie Glück.

Das Essen verlief sehr ruhig. Nur einmal fragte ihr Gatte: »Und was hast du heute gemacht?« Es klang nicht, als erwarte er eine Antwort, aber Mathilde begann sofort zu erzählen, von den Gemüsepreisen, der Rücksichtslosigkeit der Leute, die nicht einmal vor hilflosen Dackeln haltmacht, und von dem majestätischen Eisenschimmel. »Weißt du«, schloß sie, »er war unserem alten Doktor wie aus dem Gesicht geschnitten!«

»Ja, ja«, murmelte der Gatte zerstreut, »es ist wirklich ein Skandal!«

Er zündete sich eine Zigarette an und versank in einem Meer von Leitartikeln, Börsenkursen und Sportberichten. Mathilde stahl sich aus dem Zimmer und machte sich in der Küche zu schaffen. Als ihr Mann wieder ins Büro gegangen war, trug sie die Myrte ins Wohnzimmer und stellte sie auf den Schreibtisch. Dann begann sie zu stopfen und fühlte sich außerordentlich zufrieden.

Auch das Abendessen ging gut vorbei. Mathilde hatte das Bäumchen begossen und für die Nacht versteckt. Ihr Gatte fand neben seinem Gedeck eine spannende Gerichtssaalreportage; es fiel ihm also nicht weiter auf, daß sie, nach einem kaum hingehauchten Gutenachtkuß, aus dem Zimmer huschte.

Sie schaltete das Schlafzimmerlämpchen heute sofort aus und streckte sich dankbar unter der Steppdecke.

In der Dachkammer stand das Myrtenbäumchen, ganz in Sternensilber getaucht.

Wozu, dachte Mathilde, brauche ich neue Pantoffel? Wenn ich den ganzen Winter hindurch die großen Zehen einziehe, kann ich die alten noch immer tragen. Und leichtfertig, wie sie nun einmal war, schlief sie auf der Stelle ein.

Felicitas Hoppe

Die Handlanger

Kein Zweifel, mein Geliebter will nicht mehr Hand an mich legen, und es ist Zeit, daß ich mich nach neuen Handlangern umsehe. Ich ging auf die Straße und rümpfte die Nase, denn die hohe Kunst des Beweinens habe ich nicht gelernt. Ich kam in unseren Kurpark, wo die Schwäne schwimmen.

Da traf ich den Gärtner. Gleich kamen wir ins Gespräch. Der Gärtner legte die Gartenschere aus der Hand und die auf diese Weise frei gewordene Hand, jetzt ganz ohne die Kraft, mit der er bis eben noch die Schere gehalten hatte, auf meine Schulter. Er lud mich ein, mit ihm den Park zu begehen, die Pflanzen und die Tiere und die Spaziergänger zu bestimmen und ihm im Vorübergehen meine Lebensgeschichte zu erzählen.

Mein Geliebter, begann ich, erklärt, er könne nicht mehr Hand an mich legen, da aus mir nichts wird. Ist das denn wahr, fragte entzückt der Gärtner. Das allerdings ist wahr, entgegnete ich, denn mir fehlt dreierlei: erstens der Glanz des Ruhms, zweitens der Glanz des Geistes, drittens der Glanz des Körpers.

Diese Auflistung, rief begeistert der Gärtner, ist ganz nach den Gesetzen der Logik zusammengestellt, aber sie ist alles andere als vollständig. Und wie um die Leere meiner Rede durch entschlossenes Tun auszufüllen, zog er mich unter einen in der Nähe wachsenden Busch, wo er mich nach den Regeln des Gartenbaus zu trösten versuchte.

Vieles spricht nicht gegen das Schreiben. Es ist eine warme und geschützte Tätigkeit. Selbst bei schlechter Witterung gelingt hin und wieder ein lesbarer Satz. Natürlich neigt der Schreibende zur Rechthaberei, weshalb mein Geliebter nicht mehr Hand an mich legen will und mich zwingt, ohne Gartenschere unter einem Busch zu liegen.

Mein Bericht ermüdete den Gärtner. Erschöpft schlief er neben mir ein. Kichernd näherte sich eine Gruppe von Spaziergängern, die einen so fröhlichen Eindruck auf mich machten, daß ich auf ihre Gesellschaft nicht verzichten wollte. Ich zog mein Kleid glatt und hakte mich bei einem von ihnen unter, der, wie sich an der Biegung herausstellte, Sohn eines Erfrischungsgetränkefabrikanten war und ein kurzweiliges Leben führte. Wir kamen gleich ins Gespräch, erörterten unsere Vorliebe für erfrischende Getränke aller Art und gelangten zu einem kleinen Pavillon, in dessen Innerem wir uns auf einer Holzbank niederließen, um einander auch den Rest persönlicher Wahrheit nicht vorzuenthalten. Sie werden den Anschluß an ihre Gruppe verlieren, sagte ich. Er zuckte nur mit der Wimper und lud mich zum Abendessen im Kurparkrestaurant ein. Die Sonne stand noch nicht tief genug, um Abschied voneinander zu nehmen.

Wir betraten Arm in Arm mit Appetit das kleine Kurparkrestaurant. Der Sohn des Erfrischungsgetränkefabrikanten war offenbar ein gerngesehener Gast, denn nicht weniger als drei Kellner hielten uns die Speisekarten so dicht unter die Augen, daß ich mich beim besten Willen nicht entscheiden konnte. Nach langem Hin und Her entschied ich mich schließlich für den dritten. Wir zogen uns in das Billardzimmer zurück, wo ich ihm meine Lebensgeschichte erzählte, während aus der Gaststube das laute Schmatzen des Fabrikantensohns zu uns herüberdrang.

Der Kellner erwies sich als verständiger Zuhörer. Er stellte behutsam die eine oder andere Frage, ohne dabei seine Berufspflicht zu vernachlässigen. Ich kann sagen, daß ich an dem Abend gut gegessen habe, was hinterher zu einem kleinen Streit mit dem Sohn des Erfrischungsgetränkefabrikanten führte. Stammkundschaft bringt am Ende nichts als Ärger, hoch die Erwartung, groß die Enttäuschung, sagte der Wirt, schließlich ist man gezwungen, Hand anzulegen, ohne es zu wollen. Ach wenn Sie wüßten, wie gut ich Sie verstehe, rief ich laut, aber da hatten mich die Kellner bereits auf ihre Schultern gehoben. Sie trugen mich vorbei an dem Sohn des Erfrischungsgetränkefabrikanten, an dem See mit den Schwänen, die nicht wissen, wovon die Rede ist, hinaus in die Nacht.

Als wir an dem kleinen Musikpavillon vorbeikamen, in dem eine dünnbemannte Kapelle die übriggebliebenen Kurgäste aufzuheitern versuchte, sprang ich ab. Ich setzte mich auf einen kleinen gelb gestrichenen Klappstuhl in der ersten Reihe, um für den Rest des Abends dem Dirigenten unermüdlich Kußhände zuzuwerfen. Dreierlei beeindruckte mich: erstens die Größe seiner Gesten, zweitens ihre Dichte, drittens die Enge seines Fracks, viel zu eng für den Glanz seines Körpers.

Ich will von nun an mein Leben an der Seite des Dirigenten unseres Kurparkorchesters verbringen, der abends gegen zehn den Taktstock aus der Hand legt, um die Leere meiner Rede durch entschlossenes Tun auszufüllen.

Elfriede Jelinek

Luft [Begierde]

Ich bin Luft, unentbehrlich zwar, aber noch verdiene ich die Bezeichnung Gegenstand nicht. Es geht mir dementsprechend gut. Was hat die Frau nur an sich, daß die Bekanntschaft mit ihr ihren Gebrauch so gar nicht zu ersetzen vermag? Ich bin illusionsfrei, was meine Vorzüge betrifft, was sind die schon im Vergleich zur Schuljugend, die immer zu vielen auftritt. Eine allein wäre ja nur vorübergehend. Wer wenn nicht ich hat eine schreiende Waffe unterhalb des Taillenbandes an sich festgenagelt? Kein Wunder, daß sie alle auseinanderstieben, diejenigen, die eigentlich zuallererst auf meine Annonce geantwortet hatten. Ich begeistere Sie. Sie sehen hier meinen entmutigten Annäherungsversuch, was habe ich schon zu bieten, ich setze mich ihren Blicken aus, mein sehr geehrter Fremder. Jetzt schaue ich mir einmal an, was die Menschen an mir interessiert, obwohl es an mir doch festgewachsen ist wie ein blasser Gedanke, sie könnens nicht nach Hause mitnehmen. Aber auch ich kann es nicht kaufen, denn ich habe es schon. Ich schlage Ihnen ins Gesicht, will mir aber nicht vorgreifen. Ich will über meine Ufer treten in sagen wir einer halben Stunde. Nicht einmal der Wind könnte mich aufhalten in meinem dummseligen Wunsch, daß mir dieses Scharnier der Leidenschaft doch so gut stehen möge, wie ich im Geschäft ursprünglich gedacht hatte. Nie wollen Sie wissen, was unter mir ist. Aber erst kommt die Schönheit. Sie zieht an mir vorbei. Unsere Sekrete vertragen sich nicht miteinander, schade, aber ich muß hart arbeiten, um Ihnen eine Form von Bewunderung abzuringen wie eine Fontäne, die außer sich gerät. Ich bin in die Welt verstoßen und wozu, um ausgerechnet zu Ihrer Sitzecke, Ihrem Couchtisch vorzustoßen. Ich bin nichts mehr, nicht einmal eine Gewohnheit in neuer Gestalt. Bestürzt erinnere ich mich an Ihren herrlichen Körper oder wie man es nennt, was an Ihnen so hängt wie ich. Sie sind, na alles, was Ihr bestürzend agiles (jedoch nicht mir nicht mir geltendes) Organ ins öffentl. Gespräch bringen könnte, das gefällt Ihnen wohl. Hervorragend jung und kräftig zu sein! Ich, eine Ausgewachsene, bete Sie an, ich wirke lächerlich dabei, was ich längst gewohnt bin. Das Reptil unter meinem Gürtel liebkost sich tapfer selbst. Muß noch üben. Ich sage es Ihnen jetzt mit meinen eigenen Worten, die mir nicht zu schade dafür sind: Bleiben Sie im Hinblick auf mich sachlich! Oder schauen Sie halt gar nicht hin! Niemand ist wie Sie. Geben Sie sich selbst darauf eine Antwort. Ziehen Sie mich in Verkehr. Ich bin ein ernstes Ziel. Was sagen Sie zu mir? Ich würde auf Ihrem Klo eine Pflanze werden! Überflüssig, doch klein und transportabel. Ich beachte Ihr Fleisch jetzt einmal nicht, obwohl es später unter meinen Fingern Zahlungsmittel werden soll. Geben Sie mir wenigstens meine grad heimlich aus dem Fenster kriechende Sprache in Kleingeld zurück! So halten Sie sie doch fest! So hat es Gottes Sohn auch gemacht und ist doch dem Papa unter den Füßen weggestorben. Betrachten Sie bitte dieses Werk, das sich verneigt, verleugnet: mich! Bluten Sie! Ich strahle, lebendig gemacht, vor Ihrem was ist es eigentlich ich glaube trockenes Seegras. Hügel vor der Stadt, auf denen Beeren gewachsen sind. Spielen Sie nicht mit meinem Körper herum, sonst entwischt er Ihnen in überraschender Gestalt. Weiße Mäderln mit Kränzen sind Ihnen serviert. So, jetzt versage ich, existiere aber dennoch, mein Ehrenwort. Ich bin süchtig, das ist mein Ausdrucksmittel. Fahren wir jetzt weg! Ich male mir meine Habe ins Gesicht, mahle mir fünfundzwanzig Jahre als Mehl von der Haut, genau diese Zeitspanne bin ich mir zu viel und Ihnen zu wenig. Und was erreiche ich damit, Gelächter, wodurch die Leute sich entfalten können.

Sie sind mir ein schönes Requisit, unwiderstehlich tritt mein Bedürfnis Ihnen zur Seite. Merken Sie nicht, daß Sie schon Zwang auf mich ausüben, wenn Sie nur vier Stockwerke unter mir auf die Klingel drücken? Nur dieser Trieb hält mich noch auf den Beinen, daß die Zeit mich über Sie hinwegtragen möge. Ja, die Zeit, die soll mich bis zum Ende aus Ihrem Sackerl ziehen, mich Taschentuch. Sie können gern in mich hineinrotzen. Was ich über meinen Kraftfahrtrieb noch sagen wollte: vor Ihnen, meiner Nahrung, werde ich gleich schamlos kippen. Ich bin lebendig. Ich bin liebend. Außer mir bleibt daher nichts.

Innerhalb von mir gibt es Sie. Jetzt habe ich eine Klinge gefunden, die Sie verhöhnt. Scheu macht sie vor Ihrer Kleidung halt, dreht, wendet sich gegen mich. Dieses Messer, dieser Assistent meines Dutzends von Bescheiden (so weit gehen Sie in Ihrer Bescheidenheit), alle abschlägig, wird mich noch zum Brüllen bringen vor eines Menschen Haus. Drehn wir das Gas herbei! Etwas muß uns ja austreiben können, wenn die Frau nicht mehr schön ist und auch kein Föhn weht. Komm nur, Freunderl! Sie haben Ihren Anschein selbst verschuldet, und jetzt schulden Sie sich mir. Die Ewigkeit droht uns allen, aber ein Stündchen mit Ihnen ist nicht drin. Ihre Zunge kann überraschende Formen annehmen, im Grunde ist sie mir sogar heilig. Nicht jeder kann zwischen Schlafen und Erwachen so gut mit sich umgehn. Seit drei Monaten versuche ich, mit Ihnen und dem Universum gut Freund zu werden. Dann trifft mich dieser psychologisch unerfahrene Funken aus Ihrem Mund (Sie können halt nicht anders). Erwählen Sie mich, nein, hinter Ihnen steckt etwas ganz anderes. Meiner Tradition folgend, bilde ich mit meinem ganzen kalten Buffet diese mannigfaltige Gesteinsformation, die Sie vor Ihren Füßen hier sehen ja hier. Ein Ausflug in Ihr Herz wäre vielleicht für die Zeit nach meinem Tod zu überlegen. Wie entsetzlich sich der Mensch verändern kann im Augenblick der Leidenschaft, gekrallt in ein Stück trostlos trokkenen Weißbrots! Ich erkenne Sie nicht wieder. Warum haben Sie sich von mir getrennt, vielleicht hätten Sie uns ja beide gebrauchen können. Warum hören Sie nicht auf mich, ich hab da was für Sie! Bin ich nicht eigens für Sie geschaffen? Und so einseitig (mich gibt es nur vorn). Planen Sie Ihren Aufenthalt in der Sommerfrische bei mir, jetzt, da es noch billig ist. Knien Sie vor mir, aber geben Sie Ihre kleine Münze nicht ausgerechnet für mich aus. Legen Sie mir den lieben Kopf, den Sie da haben, unter den Fuß, aber seien Sie grob, wenn die Öffentlichkeit wieder hergestellt ist, diese Rekonvaleszentin, die einfach von nichts zu heilen ist. Beachten Sie mich nicht! Und dabei hänge ich an Ihnen wie die Frau an ihrer Garderobe. Ich binde Sie ungeschickt zu einem Bündel Versprechungen zusammen, aber Sie dringen sofort wie Wasser aus den Fäden hervor. Sie sind nichts für mich, wie Sie sich neulich geäußert haben. Ich hingegen will mich nach Frauenart entäußern. Schauen Sie nicht jedem Frauenarsch nach! Zeitweise halte ich mich im Ausland auf. Aber wenn Sie mir nachströmten ... wie schön wäre das, weil ich lange drauf warten könnte. Fortwährend Ihre Nutzlast zu tragen ist nicht ganz so angenehm, wie ich es mir geschildert hatte. Die Tür geht auf. Die Tablette geht zischend an. Sie stürzen mir, ein weißer Strahl, in hohem Bogen entgegen. Urin, den Arm nach der Fessel meiner Existenz ausstreckend. Die Handgelenke knirschen Ihnen. Mir unbegreifliche Einzelheiten dringen aus Ihrem Mund. Das kann doch nicht Ihr Ernst sein! Nein, wie groß der geworden ist! Nicht jeder hat die Wahl wie ich. Ich befinde mich in der Welt direkt unter Ihren Hufen. Paßt Ihnen das Eisen? Sie dunkles Gebüsch an einem Teich. Und da gibt's immer noch welche, die sprechen nicht einmal in einer Buschenschank ein einziges Wort, diese Burschen. Ich ziehe eine Furche durch die Erde. Einmal habe ich Erfahrungen machen können. Ich kann nicht schlafen. In der Leidenschaft greift man nach jedem Strohhalm, damit wenigstens etwas zerreißt. Sie machen dabei ein anderes Erlebnis wett: mich. Mehr ist es nicht. Ich will wirksam sein. Bilden Sie mich aus, ich will Sie sein. Ich übergebe mich Ihnen und will mit Ihnen tauschen. Ich händige mich in Sie ein. Das ist keine gute Erfahrung, das können Sie mir glauben. Ich beendige hiermit meine Verstandestätigkeit, ich bin eine Ladung dem Berg entrissene Butter. Ists deswegen hier so kalt? Was ich möchte?: endlich erwachen aus Ihrem Traum. Schon krieg ich eine aufs Dach, daß es mich entfacht. Sie brauchen es mir nur zu melden, wenn Ihnen dieser Prozeß zur Herstellung einer Dose nicht paßt.

Hanna Johansen

Elvira weiß, was sie will

Elvira steigt die Treppen mühsamer, als ihr lieb ist. Am Anfang hieß sie Elfriede. »Elvira« hat ihrem Mann besser gefallen, darum heißt sie so, und dabei bleibt sie. Elvira ist noch nicht alt, sagt sie. Sie trägt schöne Strümpfe, schöne Kleider, eine schöne Frisur. Vielleicht ist sie schön. Aber die Liebe hat sie sich abgewöhnt. Schon früh hat sie den Kopf geschüttelt über Männer. Elvira sagt: über »die Männer«, aber das müßten wir erst nachprüfen. Elvira ist alleinstehend. Das heißt nicht, daß sie allein steht. Sie sitzt und liegt und ißt nicht allein. Sie geht auch nicht allein hinaus oder nur bei seltenen Gelegenheiten. Denn wo sie geht und steht, hat Elvira zwei Hunde bei sich. Die Hunde schlafen vor ihrem Bett. Jeder auf einer Seite, obwohl sie lieber beieinander schlafen würden. Die Hunde tun, was Elvira will. Sie nimmt die beiden mit zur Arbeit, weil Hunde nicht gern allein sind, bindet sie an die Heizung und achtet darauf, daß sie sich ordentlich benehmen. Die Hunde tun das. Sie sind nur klein, diese Hunde. Aber es sind schöne Hunde. Braune. Immer die gleichen, sagt sie. Elvira arbeitet noch gern, obwohl andere sich in ihrem Alter schon mit einer Rente zurücklehnen. Einmal war Elvira verheiratet. Das ist lange her, denn seitdem heißt sie Elvira, und nun heißt sie schon sehr lange so. Es war eine schöne Zeit, sagt Elvira, und es gefiel ihr sehr, verheiratet zu sein. Und dann? Nach zwei Monaten sagte eines Tages, ohne daß man es hätte vorhersehen können, ihr Mann: »Ich oder die Hunde.«

Wenn sie zu einer neuen Stelle geht, erzählt sie das den Leuten, weil sie nicht möchte, daß irgend jemand sie für eine alte Jungfer hält. Sie lacht, wenn sie es erzählt. »Wie kann man nur so fragen«, sagt sie und meint damit ihren Mann. »Ich oder die Hunde.«

Sie schaut dich an, dann die Hunde, die nebeneinander vor der Heizung sitzen, dann wieder dich.

Sie wartet, daß du etwas fragst. »Ja und?« solltest du jetzt fragen oder etwas ähnliches. Dann erscheint auf ihrem Gesicht ein geheimnisvolles Leuchten, begleitet von einer noch geheimnisvolleren Pause, bis sie sagt, sie habe sich für die Hunde entschieden.

Sie weiß, was die Leute sagen. »Du mußt bloß mit einem Hund auf die Straße, sagen sie, und schon bist du mit den andern Hundebesitzern praktisch auf du. Die Spatzen pfeifen es von den Dächern. Aber die Spatzen haben keine Ahnung. Das heißt, es stimmt schon. Aber was für Leute. Unbeschreibliche Menschen mit unbeschreiblichen Hunden. Haben Sie Hunde?« sagt Elvira zu dir. »Nein? Dann haben Sie keine Ahnung. Ich jedenfalls habe nie mehr einen Menschen kennengelernt.« Einen Mann meint sie damit, denn Menschen kennt sie. Sie putzt in vielen Haushalten und weiß davon zu erzählen. Was ihr eigenes Leben betrifft, meint Elvira: »Es waren wohl die falschen Hunde. Aber soll ich mir einen Afghanen zulegen, um bessere Leute kennenzulernen? Wer garantiert mir denn, daß das nicht schiefgeht? Außerdem, ich liebe meine Hunde. Hätte ich mich sonst für sie entschieden?«

Marie-Luise Kaschnitz

E.Z.

Eine Frau besucht das Einkaufszentrum in der Trabantenstadt, die graue Festung, die das Warenangebot gegen seine Verächter verteidigt, auf mehreren Ebenen, hinter riesigen Glasscheiben, wohnt schöner, eßt besser, zieht euch kostbarer an. Die Frau geht an allem vorüber, bleibt aber stehen, wo die Steine liegen, große Steine auf der glatten Terrasse, Findlinge, unsymmetrisch, rissig, von schwärzlichem Grün. Etwas aus der Wildnis, aus den Dobeln, wo Wasser stürzt, hingelegt vor zarte Tüllgehänge, glitzernde Möbelstoffe, etwas Unnützes, Unordentliches, und einer der Steine, von Kinderfüßen in Bewegung gesetzt schaukelt sogar. Die Frau möchte einen Brief schreiben, to whom it may concern, sie möchte den Mann umarmen, der auf den Gedanken gekommen ist. Sie geht nicht mehr weiter, bleibt, in einem Haufen von Kindern, stehen, betastet die Steine, umarmt sie, beleckt sie, und die Leute, die auf die Riesenschaufensterscheiben zusteuern, tippen sich an die Stirn.

Sarah Kirsch

Merkwürdiges Beispiel weiblicher Entschlossenheit

Frau Schmalfuß war 28 und hatte immer noch kein Kind. Das hatte folgende Gründe:

Eine landläufige Meinung besagt, jede Frau habe sechs kleine Schönheiten. Diese Aussage scheint statistisch nicht ungesichert, trifft aber, wie alle statistischen Aussagen, nicht auf jeden Einzelfall zu. Frau Schmalfuß verfügte über vier Schönheiten; 1. schräggeschnittene Augen, deren Augenwinkel sich bis unter den Haaransatz zogen, 2. Hände, die gemalt zu werden verdient hätten, 3. ein Hinterteil hübscher ausgewogener Rundung, 4. die Beine. Leider endeten die Beine rechtwinklig in langen, breiten flachen (nicht platten) Füßen. – Obwohl die vier Schönheiten, jede einzeln, den Neid mancher Geschlechtsgenossin hervorzurufen geeignet waren und ab und an ihn auch hervorriefen, war doch ihre gegenseitige Zuordnung derart ungünstig und die Entfernung der einen Schönheit von der anderen so beträchtlich, daß die störenden Elemente zwischen ihnen sie verdunkelten und die Blicke abstießen, die, wenn sie länger verweilt hätten, der Schönheiten innegeworden wären. Deshalb hatte Frau Schmalfuß zeit ihres Lebens mit keinem Manne näheren Umgang anknüpfen können.

Die Vorzüge eines Menschen müssen nicht ausschließlich physischer Natur sein. Frau Schmalfuß bekam die Achtung, die Kollegen und Mitarbeiter ihr für ihre Arbeitsleistung und ihr kollegiales Verhalten zollten, regelmäßig zu spüren. In der Kantine hieß es: Alle Achtung, wie die sich zusammennimmt! Oder: Der wäre etwas mehr Glück zu gönnen gewesen! Manchmal, in unbewachten Augenblicken, an Sommerabenden auf dem Heimweg oder unter der Dusche, gestand sie sich, weniger Achtung wäre ihr lieber; einmal, sie ging durch die Schrebergärten, beschimpfte hinter einer Fliederhecke ein offensichtlich angetrunkener Alter seine Frau: Mit der hätte sie, für den Bruchteil einer Sekunde, tauschen mögen. Aber sie hatte sich fest in der Hand und suchte das Glück in der Arbeit. In ihrem Korridor hingen Urkunden, die sie als Siegerin in Wettbewerben, Aktivistin und Teilnehmerin mehrerer Lehrgänge auswiesen. Der Umstand, daß sie unbemannt und noch ohne Kinder war, ließ sie ihren Kollegen, ohne daß sie es sich lange überlegt hätten, besonders geeignet erscheinen, sie in haupt- und ehrenamtlichen Funktionen zu vertreten. Bei allen gesellschaftlichen Anlässen hörte man ihren Namen nennen, sie Auskunft geben, und auf den Betriebsweihnachtsfeiern beschenkte sie seit vielen Jahren als Knecht Ruprecht die Kinder der verschiedenen Abteilungen.

Sie erfüllte alle ihr aufgetragenen Aufgaben gewissenhaft und ohne für sich einen Vorteil herauszuschlagen.

Im März des vergangenen Jahres zog sie ihren weiten Kamelhaarmantel an, den sie trug, wenn sie im Namen des Frauenausschusses Wöchnerinnen besuchte, und fuhr mit der Linie 17 in die Vorstadt. Als sie sich des Päckchens entledigt hatte, selbstgestrickte winzige Handschuhe beigab und wieder auf dem schmalen Zementweg stand, der zwischen Häusern und Gärten sich durchwand, war sie eigenartig bewegt. Die Schneeglöckchen schaukelten, die Schwertlilien hoben die Erde an, den kahlen Bäumen rann das Wasser die Stämme entlang, schwarze Wolken rasten im Wind auf die Antennen zu, und mitten in dieser aufgewühlten fröhlichen Landschaft hätte sie gern einen kleinen weißen Kinderwagen gesehen und sich selbst als seine Fahrerin gefühlt: mit noch geschwächten Knien von der vorangegangenen Entbindung, mit einem wohlig schmerzenden Rücken, seis nun vom Stillen oder dem täglichen Wäschewaschen.

Solche Bilder stellten sich von der Zeit an öfter vor ihre Augen. Sie schaute in jeden Kinderwagen und war einerseits befriedigt, wenn so ein ganz Kleines tief unten, in seiner Höhle geschützt, nur zu vermuten war, andererseits ärgerte es sie, daß sich der Gegenstand ihrer Neigung so vor ihr verbarg. Als sie sich ihres Zustandes, welcher ja nur ein psychischer und kein physischer war, so recht bewußt wurde, beschloß sie, etwas für sich zu unternehmen. Sie stellte die These auf, nach der sie geradezu verpflichtet war, der Gesellschaft persönlich noch nützlicher als bisher zu sein. Ich verdiene gut, rechnete sie sich vor, ich habe eine moderne, gut eingerichtete Zweizimmerwohnung, mehrere große Reisen, einmal ins befreundete Ausland, oftmals unternommen – es wäre verantwortungslos, weiterhin so eigennützig durchs Leben zu gehen. Ja, ein Kind wollte sie haben.

An Heirat dachte Frau Schmalfuß nicht. Hatte sie bisher niemanden zu solch einem Schritt veranlassen können, wie sollte es ihr jetzt gelingen, wo die erste Jugend hinter ihr lag, sie ein selbständiger Mensch geworden war und durch das lange Alleinsein Eigenheiten angenommen hatte, die nicht mehr abzustreifen und einer Ehe sicherlich abträglich gewesen wären. Aber sie ließ eine ganze Anzahl Männer an ihren schönen schräggeschnittenen Augen vorbeidefilieren, alle, die sie kannte im zeugungsfähigen Alter und denen sie wegen ihres Fleißes und aufrechten Verhaltens viel Achtung entgegenbrachte. Die Siegespalme erhielt Friedrich Vogel, der Meister in der Gießereiabteilung. Er war unverheiratet und von sehr angenehmer Gestalt. Da brauchte sie also keinen Ehebruch zu betreiben, obwohl der gesellschaftliche Anlaß sie ihrer Meinung nach auch dazu berechtigt hätte, da konnte sie gewiß sein, ihrem künftigen Kinde nach bestem Wissen und Gewissen einen Vater mit überdurchschnittlichen charakterlichen und körperlichen Eigenschaften ausgesucht zu haben. Denn sie glaubte an Vererbung ebenso wie an den Einfluß einer sozialistischen Umwelt auf das Kind, das sie eben sozusagen auf das Reißbrett projizierte.

Nicht ohne Bedeutung für ihre Wahl war die Tatsache, daß Friedrich Vogel ein Holzbein trug. Er hatte sich so in der Gewalt, daß er umherlief wie jeder andere Mensch seines Alters, auch wenn die Witterung umschlug und Schmerzen verursachte, und selbst wenn es zur Bildung von Glatteis kam. Die Prothese war kein Mangel in ihren Augen, eher das Gegenteil, aber sie versprach sich von ihr Erleichterungen bei der Durchführung ihres Planes.

Sie beschloß, keine geldlichen und ideellen Ansprüche an den Vater ihres Kindes zu stellen. Der Sohn oder die Tochter würde von ihr erzogen werden, und sie erwog, dem Kind eine glaubhafte Geschichte zu erzählen, die Abwesenheit des Erzeugers zu begründen. Vielleicht war er einem Autounfall zum Opfer gefallen? Oder hatte ihn als Grenzsoldat eine feindliche Kugel getroffen? Aber es gab ja viele Familien, die nur aus Mutter und Kind bestanden. Und warum sollte Friedrich Vogel nicht eines Tages – die Jugendweihe wäre der gegebene Anlaß – auf der Bildfläche erscheinen und dem Kinde eine wertvolle Armbanduhr schenken?

Ja, das war die Lösung. Denn Frau Schmalfuß klopfte das Herz, wenn sie daran dachte, den Kindesvater, wenn auch mit Worten, unter ein Auto zu stoßen oder ihn gar einem feindlichen Anschlag auszusetzen. Sie hatte sich mit Friedrich Vogel dermaßen eindringlich beschäftigt, daß ihr ganz warm und eng in der Brust wurde, wenn sie an ihn dachte. Und obwohl noch kein Stück ihrer prognostischen Überlegungen in die Tat umgesetzt war, begann eine Zeit mit fröhlichen Augen am Tage und wunderlichem Traumzeug bei Nacht. Sie, die bisher nach all der Arbeit und den gesellschaftlichen Aufgaben am Abend traumlos in die Kissen gesunken war und ohne viel Federlesens einfach schlief und wieder aufstand, träumte nun seltsame Landschaften und Zimmer mit Treppen. Morgens versuchte sie sich zu erinnern, den angenehmen Zustand des Traums zu erhalten – aber was war das eigentlich alles gewesen? Eine riesige Pappelallee, mächtige Ständer – doch zu dieser Deutung fehlten ihr alle Voraussetzungen, und eigentlich lag sie ihr fern. Sie wunderte sich also und vergaß den Anblick.

Nun mußten Taten folgen. Frau Schmalfuß kaufte sich eine Kollektion bunter Tücher, wand sich jeden Tag ein anderes um den Kopf und ließ sich in der Gießerei sehen. Die Kranführer pfiffen, sie stieg durch Nebel und Hitze, allerlei Schreibkram bei sich führend, und stellte Friedrich Vogel in der Kernmacherei. Sie setzten sich vor den Formsand und besprachen Angelegenheiten der Gewerkschaft. Frau Schmalfuß ließ durchblicken, daß sie gern mit dem Vogel über eine andere gesellschaftlich hart anstehende Sache geredet hätte, aber nicht hier bei dem Krach. Wo ? fragte Friedrich Vogel, vielleicht zu Hause bei mir? Wir sind ungestört und können einen Schlehen-Wodka trinken. Er hatte einen Scherz machen wollen. Ihr Kopftuch bauschte sich so abenteuerlich über den schrägen Augen, Mäander liefen den Hals hinab, und schwarze Rauten erinnerten ihn an irgendwas Heiteres. Aber: Abgemacht! sagte Frau Schmalfuß, ich bin auch mal froh, den Betrieb nicht zu sehen, und brachte die schönen Hände zur Geltung.

Die Verabredung war getroffen, zu abendlicher Stunde, das könnte ihrem Plan vorteilhaft sein. Wie sollte sie aber vorgehen? Mit welchen Worten das Anliegen nennen? Sollte sie einfach dem Wodka, dem Vogel Schlehen beigab, vertrauen? Das wäre unkollegial, es half nichts, sie würde eine Erklärung abgeben müssen.

In den Tagen vor der Verabredung ging Frau Schmalfuß doch sorgenvoll ihrer Arbeit nach, unterzog den Kleiderschrank einer eingehenden Prüfung, brachte einen Rock in die Schnellreinigung, kaufte einen roten Pullover. Und jeden Abend vor dem Einschlafen legte sie sich die Worte für Friedrich Vogel zurecht, die sie morgens wieder verwarf.

Sie wollte die Entstehung ihres Kindes keinem Zufall überlassen, andererseits fühlte sie sich nicht beredt genug, Friedrich Vogel an einem Abend zu überzeugen. Und wenn er wiederkäme? Daran verbot sie sich zu denken, für drei Leute war die Wohnung zu klein. Aber im Betrieb sähe sie ihn jeden Tag – ach Unsinn, sagte sie sich, und daß es nur darauf ankäme, alles richtig anzustellen, das würde jede Peinlichkeit vermeiden.

Der Abend, es war der eines Mittwochs, kam heran. Sie zog doch nicht den vorgenommenen Rock, den neuen Pullover, sondern ein leichtes frauliches Wollkleid an. Sie nahm den Mantel und die Tasche über den Arm und erreichte die Vogelsche Wohnung zu Fuß.

Ein kleiner Flur, rechts die Küche, gradaus die Tür in das Zimmer. Die Möbel gehörten einem Typensatz an, der Sessel, zu dem Vogel sie geleitete, trug einen schwarzgelben Bezug. Friedrich war in die Küche gegangen. Sie sah die Wände entlang: eine Menge Bücher, Amundsen, das Eisbuch, Humboldts Reisen – das Kind würde wahrscheinlich ein Junge werden – und dazwischen aus Stroh geklebte Bilder, Schiffe und Palmen auf schwarzem Untergrund. Ihr Gastgeber kam mit einem Tablett und dampfenden Teegläsern zurück. Ja, die Bilder stelle er selbst her. Strohhalme würden eingeweicht, gespalten, geplättet und zu den gewünschten Motiven verklebt. Er ging zu einem Schrank mit vielen Schubladen. Er öffnete die oberste, entnahm ihr ein Bild und gab es Frau Schmalfuß. Unter dem Glas türmte sich diesmal sehr helles Stroh zu massiven Gletschern, das Meer war gefroren, der Untergrund zog schwarze Risse durchs Eis. Mühsam schien sich ein Eisbrecher (eine schwere Maschine aus dunklem Stroh) doch vorwärts zu wälzen, und über den Gletschern klebte eine rote tintige Sonne. Hier habe ich Trinkhalme aus Kunststoff genau wie das Stroh behandelt, erklärte Friedrich Vogel, beim Plätten muß man sehr vorsichtig sein. Das Bild vom Eisbrecher wurde ihr zum Geschenk, und sie nahm es als gutes Omen. Später würde sie dem Jungen erzählen: Auf solch einem Schiff am Nordpol verrichtet dein Vater schwere, verantwortungsvolle Arbeit, von Eisbären umgeben. Aber jetzt war der Vater noch nicht der Vater – Frau Schmalfuß riß sich aus ihren Träumen und verlangte einen Schlehen-Wodka. Denn sie brauchte doch eine geringfügige Unterstützung, ihr Anliegen an den Mann zu bringen. Friedrich Vogel öffnete diesmal die unterste Schublade und stellte eine Flasche auf den Tisch. Dem Tee hatten beide nur mäßig zugesprochen. Frau Schmalfuß, weil sie fürchtete, sich zu sehr aufzuregen, Friedrich Vogel, weil er ihn sowieso nur als ein Zugeständnis an den Damenbesuch betrachtet hatte.

Sie ist wirklich eine schöne Person, dachte er und sah sie von oben bis unten an. Na, wo drückt denn der Schuh? fragte er, und sie sah auf ihre Füße und fühlte, daß ihr das Blut aus der Körpermitte ins Gesicht stieg. Sie seufzte und hob zu sprechen an. In schnellem Tempo, um erst alles zu Ende zu bringen, bevor er was sagen kann. Ach Friedrich, wir kenn uns doch lange. Haben beide klein angefangn in dem Betrieb, als wir noch gar nicht für Export gearbeitet ham. Nun gehn unsre Pumpen bis nach Guinea, aber das wollte ich gar nicht sagen, ich dachte nur so, daß ich auch weit rumgekomm bin in der Welt, fast auf som großen Schiff wie dein Eisbrecher. Na ja, bis Murmansk war ich mal, und ich verdiene ja gut ... Sie redete und redete und schleppte sich langsam über die Reisen, den Wohlstand, die Wohnung, die gesellschaftliche Verantwortung bis an die Stelle: ... also ein Kind müßte ich haben, und ich hab gedacht, du siehst das ein und machst das, ganz ohne Verpflichtungen, das geb ich dir schriftlich!

Friedrich Vogel war gerührt, aber doch mehr wie vom Donner. Und obwohl er Frau Schmalfuß auch nach diesem Antrag seine Achtung nicht versagte, im Gegenteil, er fand ihn moralisch, auch schmeichelten ihm die Gründe, weshalb ihre Wahl auf ihn gefallen war, so konnte er sich doch nicht verhehlen: er fühlte sich etwas überfordert. Dieser Fall hier war zu einmalig, er fand keine Beispiele, wo ähnliches geschehen war und auf die er sich hätte stützen können. Er vermißte einfach die Tradition. Er trank keinen Wodka mehr an diesem Abend, stellte bald das Fernsehgerät ein und sah mit Frau Schmalfuß einen Film über Pinguine. Weißt du, sagte er, als er die Arbeitskollegin aus der Wohnung begleitete, weißt du, ich muß mir alles gründlich überlegen. Vielleicht geht es so, wie du meinst, aber vielleicht auch anders. Gib mir 'ne Woche Bedenkzeit. Nächsten Mittwoch sag ich Bescheid.

Tage vergingen. Frau Schmalfuß las in Taschenbüchern über die schmerzarme Geburt nach und sah dem Mittwoch mit Spannung entgegen. Vogels freundliche, verständnisvolle Worte hatten sie fröhlich gemacht und ließen sie an die Ausführbarkeit ihres Planes glauben. Aber am Mittwoch sah sie Vogel nicht, am Donnerstag auch nicht, am Freitag ging sie in die Kernmacherei. Den Friedrich fand sie nicht, der stand auf dem Schrottplatz, der ging über den Gleiskörper, lud Stahlbarren aus, der saß in der Betriebszeitungs-Redaktion. Sie suchte ihn an den folgenden Tagen, benutzte das Werktelefon, wartete im Meisterbüro, spähte auf verschiedenen Sitzungen. Der Vogel war ausgeflogen. Sie konnte sich denken, was das heißen sollte. Trotzdem wunderte sie sich, daß er ihr die abschlägige Antwort am Mittwoch nicht sagte. Sie hörte in der Kantine Gerede, Friedrich Vogel lege nach Feierabend Spannteppich bei Elvira. Elvira arbeitete in der Dreherei. Ja, sie war immer lustig. Frau Schmalfuß ging verwundert nach Hause, trat vor die Couch und blickte lange auf den Eisbrecher hin. Das Bild fortzuwerfen konnte sie sich jedoch nicht entschließen, zu selten hatte sie ein persönliches Geschenk entgegengenommen.

Alle wollen ein Beispiel, sagte Frau Schmalfuß sich, aber keiner will es geben. Und: Das war doch ein Fehler, dem Friedrich Vogel ehrlich entgegenzutreten, sie hätte sich besser dem Schlehen-Wodka und nicht der Vernunft anvertraut. Sie kompensierte Traurigkeit durch gewissenhafte Arbeit und Überstunden und hatte in dem Vierteljahr eine so geringe Stromrechnung, daß der Kassierer den Zähler überprüfen ließ. Dann setzte der Sommer ein. Die Hitze sprang sie im Werk, auf den Verkehrsmitteln, aus den Häusern scharf an, und sie konnte mehrmals am Tag kalt duschen, ohne das Gefühl loszuwerden, sie ginge in Pelzwerk einher.

Eines Sonntags, die Fenster waren geöffnet, es herrschten 35 Grad, da lag Frau Schmalfuß auf der Couch unter dem Eisbrecher-Bild. Vor dem Haus arbeitete ein Rasensprenger und sollte die frischgepflanzten Büsche dem Vertrocknen entreißen. Er schleuderte den Strahl in die Luft, die Tropfen zerplatzten und prasselten, der Wasserwerfer drehte sich, quietschte und schmiß wieder die unzähligen Tropfen empor. Frau Schmalfuß sah im Halbschlaf die Pappelallee, sprang auf, schloß schnell das Fenster und lief aus dem Haus. Sie nahm die U-Bahn, um in die Stadt zu gelangen, saß da im Café, wieder fallendes Wasser, nun einen Springbrunnen, im Ohr, eilte zum Tierpark, hörte die Pfauen dort schrein, die warn wie verrückt. Sie hätte sich beinahe mit einem Kinderwagen von der Terrasse entfernt. Das Baby hatte sie angelacht, ihr die Fäustchen entgegengehalten und die Zehen gezeigt, zehn rosa Erbsen.

Am Montag entschuldigte sie sich fernmündlich im Werk und suchte einen Arzt auf.

Das war ein Frauenarzt. Ein alter Professor, der Zuversicht auf die Konsultanten übertrug und besessen war, viel Kindervolk auf die Welt loszulassen. Sie glaubte, wenn sie nach einer gründlichen Untersuchung erfahren haben würde, daß alles in Ordnung und sie gut in der Lage sei, ein Kind auszutragen und zu gebären, das Problem bald gelöst sei. Dann wären ja gut und gerne 85% aller Voraussetzungen, zu einem Kind zu kommen, erfüllt, das Übergewicht der einen Waagschale müßte zwangsläufig die andere mit den wenigen 15% zu ihren Gunsten hochschnellen lassen, und das mit solcher Wucht (Frau

Schmalfuß sah förmlich die Schalen hüpfen, die leichtere sich überschlagen), daß die 15% aus ihrem Behältnis rausspringen und in die angefülltere Schale geschleudert würden.

Im Wartezimmer sah sie die hübschen Frauen mit den geblähten Kleidern. Ach, mir wird schlecht! sagte eine, das fehlt mir noch! eine andre. Sie kam in das Sprechzimmer, barfuß, die Unterwäsche nach der Vorschrift in der Kabine reduziert, und sagte beim Händedruck: Guten Tag, ich möchte ein Kind. Der alte Herr freute sich, sah sie an und dachte sich eine Antwort. Er führte sie zu dem Sessel, in dem man auf dem Rücken sitzt, und untersuchte sie gewissenhaft.

Dem steht nichts im Wege, sagte er, bemerkte die Topographie ihrer vier Schönheiten. Sie sah sich also im Besitz der 85%, im gleichen Augenblick die restlichen 15 entschwinden, war wohl doch einem Traumbild aufgesessen und fragte nun den Arzt nach Forschungsergebnissen bei künstlicher Befruchtung. Es gäbe gesicherte Erfahrungen, ja, ja, es ist möglich, jaja! sagte der Alte und schüttelte den Kopf. Junge Frau (er nahm ihre Hand), wir können darüber noch sprechen.

Sie ging, als sie die Umkleidekabine verließ, nicht wieder ins Sprechzimmer des Arztes, sondern unter den Bäumen nach Hause. Alte Platanen, die im Winter so gestutzt worden waren, daß nur die Stämme blieben, nun unerhört ausschlugen, etwas später als gewöhnlich, aber mit noch größeren Blättern. Die Rinde hatten sie teilweise abgeworfen, die Stämme sahen aus wie Landkarten um Flußmündungen.

Und was wäre mit der Vererbung? Wie sollte man wissen, was man sich da einhandelte? Wo blieb der Spaß, die wilde Umarmung? Wieder fehlten die Beispiele. Na ja, Maria. Sie las das Lukas-Evangelium in ihrer Wohnung, fand alles sehr umständlich, beschloß, die Vererbung nun weit hinter den Einfluß der Umwelt zu setzen und ein Kind zu adoptieren.

Auch dabei war der Aufwand kein geringer. Sie stellte einen Antrag, ließ die Wohnung besichtigen, besorgte sich einen Gesundheitspaß von einer Ärztin, der Betrieb schrieb Zeugnisse aus, und sie wartete den Sommer über voll Hoffnung auf den Bescheid.

Es gab aber viele Leute, die Kinder adoptieren wollten, und alle wünschten sich eines im zartesten Alter, so daß Schwierigkeiten und Wartezeiten aufkamen, Frau Schmalfuß noch keine winzigen Hemdchen, Jüpchen und Hütchen anschaffen konnte, da weder die Größe noch das Geschlecht des Kindes bekannt waren.

Schließlich, als sie schon ein dreijähriges Kind bekommen wollte, bereit war, auf die ersten Schritte, die unbeholfene Anrede durch das Kind zu verzichten, das Kerlchen nicht zahn- und hilflos zu haben, da geschah im Herbst das Wunder, da klingelte die Fürsorgerin an der Tür. Es wäre nun ein Junge gefunden, zwei Monate, ein hübsches Kind mit schwarzen Haaren und großen Nasenlöchern, sagte die Frau. Sie sind ein Engel! rief Frau Schmalfuß und wollte gleich los.

So schnell hat man das Kind nicht, auch wenn man weiß, daß es ganz sicher kommt. Es dauert neun Monate oder sieben oder noch drei wie bei Frau Schmalfuß. Zweimal in der Woche ging sie zu einem Kursus für werdende Mütter und erlernte die Säuglingspflege. Um keine Lektion zu versäumen, sah sie sich gezwungen, dem Ansinnen des Hauptbuchhalters auf Hilfe nach Feierabend bei der Endabrechnung nicht stattzugeben. So war sie bedrückt, wenn sie die Temperatur des Wassers prüfte und große Plastik-Puppen badete, wenn sie die vielen kleinen Mahlzeiten bereiten lernte oder Wadenwickel bei erhöhter Temperatur anzulegen. An den arbeitsfreien Sonnabenden fuhr sie in verschiedene Stadtbezirke, um alle die Dinge zu kaufen, die das Kind am Anfang seines Lebens notwendig haben würde, vornehmlich einen Importkinderwagen, eine hellblaue Badewanne aus Kunststoff, Wäsche und Klappern. Einmal im Monat durfte sie das Kind, das sie haben sollte (ein Jahr Probe, dann die endgültige Adoption) im staatlichen Säuglingsheim besuchen. Es wurde in einen Wagen gelegt, und Frau Schmalfuß konnte es im Park unter Buchen spazierenfahren. Erst waren die Blätter grün, dann färbten sie sich, schließlich waren nur ein paar übriggeblieben und sahen wie Leder aus.

Das waren jetzt die Stunden, in denen sie sich glücklich fühlte. Anders im Betrieb. Da hatte ihr guter Ruf gelitten. Es hing nicht mit der Tatsache zusammen, daß eine Kollegin sie beim Einkauf des Kinderwagens beobachtet hatte – schließlich wußte die Leitung von der beabsichtigten Adoption und war gehalten, sie gutzuheißen –, die Mitarbeiter konnten Frau Schmalfuß nicht mehr uneingeschränkt Lob und Beifall zollen. Sie ging fast pünktlich nach Hause, sprang bei termingebundenen Arbeiten weniger oft mit Überstunden ein, und ihre Rechenschaftsberichte waren knapper als früher. Der Abteilungsleiter, die Gewerkschaftsvertrauensleute nahmen davon Abstand, sie um Rat und Hilfe zu bitten, und das alles, bevor sie das Kind überhaupt in ihrer Wohnung hatte. Sie selbst litt unter diesem Zustand, die Warterei auf das Kind kam hinzu – sie wurde nervös und brauste leicht auf. Hatte sie sich morgens keine Zeit zum Essen genommen, stürzte sie in die Kantine, kaufte Fischbrötchen und aß sie eilig. Sie benahm sich wie eine schwangere Frau und gab zu Bemerkungen Anlaß. So geht das nicht weiter, sagte sich Frau Schmalfuß eines Tages. Der Lehrgang für Säuglingspflege war beendet, alle Vorbereitungen abgeschlossen. Jetzt galt es, wieder am Leben der Kollegen teilzuhaben, mehr noch, dasselbe zu bereichern. Sie beschloß, eine Kulturfahrt vorzubereiten, und studierte zu diesem Zweck herausgegebene Broschüren und Kataloge.

Alle Achtung, sagten ihre Kollegen und Mitarbeiter während der Busfahrt, in der Autobahn-Raststätte, beim Anblick des Blauen Wunders, des Kronentores, in der Galerie: alle Achtung, sie hat sich wieder in der Hand. Sie gingen durch verschiedene Abteilungen der Gemäldesammlung. Frau Schmalfuß freute sich über gigantische Stilleben (glänzende Trauben, platzende Kürbisse, seitlich ein Vogelnest mit zwei Eiern darin, ein drittes jenseits des Nestes, zerbrochen, dottergelb der Dotter), beachtete die wechselnden Landschaften, die unermüdlichen Bäume, bald düster, bald freundlich, die verschiedenen Himmel darüber. Sie nahm alles fröhlich und unkonzentriert auf, verweilte bei keinem der Bilder. Das waren Stationen auf dem Weg zum Ziel; sie sah Schönes, um das Sehr-Schöne aushalten zu können. Die Nackte, die den Schwan küßt – Frau Schmalfuß ging schneller, um kein Unbehagen zu spüren. Ein neuer Raum tat sich auf. Sie fühlte ihr Herz sich bewegen, sah das Bild an der Stirnwand und ging zur Seite. Sie ließ ihren Kollegen den Vortritt, hörte die Erklärung des Führers nicht an, verlängerte die Vorfreude. Als sie allein in dem Raum war, suchte sie sich den besten Standpunkt und sah zu der Frau auf. Der Mantel von noch schönerem Blau als in ihrem Kalender. Die andere Frau, der alte Papst sanken in den Wolken da ein. Die Madonna war leichter, man sah jeden Zeh, obwohl sie das Kind trug. Sie sah freundlich aus, nicht so heilig, fast eine Kollegin, die Frau mit dem Kind. Ihr Mann war nicht auf dem Bild, spielte keine Rolle. Frau Schmalfuß erinnerte sich, in der Schrift gelesen zu haben, daß es erst eines Winkes von oben bedurfte, bis Josef Maria mit dem Kind heiratete. Heute wär sie allein geblieben, dachte Frau Schmalfuß, da spürte sie nur noch ihre Hände, als wär alles Blut da hineingelangt, sie fühlte das Kind, sonst nichts. Die Haut war warm, ein bißchen feucht nach dem Baden, roch wohl nach Seife. Das Baby mußte angezogen werden, vorher, auf dem Weg zum Wickeltisch, einen Blick in den Spiegel. Im Vorbeigehen. Aus den Augenwinkeln. Sie drückte das Kind an sich, sah es und sich selber im Glas, bekam einen Schreck über die eigene Schönheit.

Die Identifikation war so kurz, daß sie bei Frau Schmalfuß keine Verwunderung, nur Fröhlichkeit auslöste. Sie folgte ihren Kollegen, erwarb einen Bildband über die Galerie und war auf dem Weg zum Italienischen Dörfchen. Die Springbrunnen hielten Winterruhe. Die Straßenbeleuchtung schaltete sich ein in langer Bewegung, da fiel der erste Schnee. Der Himmel war weiß, die Flocken erschienen gegen ihn grau und schwarz. Wir brauchen einen Schlitten, dachte Frau Schmalfuß.

Mitte Dezember, dem ersten war der zweite und dritte Schnee gefolgt, durfte Frau Schmalfuß in Hinblick auf Weihnachten, Personalmangel im Säuglingsheim und ihre eigene Hartnäckigkeit das Kind entgegennehmen, obwohl die Formalitäten nicht restlos erledigt waren. Am Abend saß sie in der Küche und trank statt eines Bieres, wie es vor Tagen noch ihre Gewohnheit war zwei Tassen Milch. Einen Tag lang war alles geschehen, was die Leiterin des Lehrgangs für Säuglingspflege einem fünf Monate alten Kinde als nützlich und notwendig erachtet hatte, und einiges mehr. Sie fragte sich, ob sie ihr ein Geschenk bringen würden wie anderen Wöchnerinnen und wer käme. Sie hatte unbezahlten Urlaub genommen und wußte nicht, daß die Kollegen die übliche Geldsammlung abgeschlossen, das Geschenk (den Schlafsack, das Kinderbesteck, die weichen Schuhe) schon beisammen hatten. Sie war müde und glücklich. Die flimmernden Bilder aus dem Gerät erreichten sie kaum: Eine Frau bringt jeden Tag ihr Kind in die Krippe, zwei Jahre lang, jeden Tag zwei S-Bahn-Stationen auf der Hinfahrt, zwei S-Bahn-Stationen auf der Rückfahrt, vier Treppen, vier fremde Männer oder Frauen, die ihr helfen, den Wagen zu tragen. Manchmal reißen sich die Leute um den Wagen, mitunter muß die Frau warten, einmal denkt sie: Die von der Kultur sollten einen neuen Aberglauben einführen, *wer morgens einen Kinderwagen trägt, hat den Tag Glück.*

Das würde sie alles erfahren.

Helga Königsdorf

Bolero

Nein, ich weiß wirklich nicht, warum ich es getan habe. Eigentlich war überhaupt nichts Besonderes an ihm.

In jener Sitzung wurde ein Referat verlesen, dem man auch ohne böswilligen Scharfsinn die verschiedenen Zuarbeiter anmerkte. So ließ sich der Redner erst über den zurückliegenden Volkswirtschaftsplan aus, dann über den gegenwärtigen Volkswirtschaftsplan und schließlich über den bevorstehenden Volkswirtschaftsplan. Die langatmigen grundsätzlichen Bemerkungen und Schlußfolgerungen, die die jeweiligen Volkswirtschaftspläne begleiteten, unterschieden sich lediglich durch die ungleiche Sprachgewalt ihrer Schöpfer. Es muß etwa gegen Mitte des laufenden Volkswirtschaftsplanes gewesen sein, als mir die Blutwurststulle in meiner Tasche in den Sinn kam. Und zwar derart eindringlich, daß in mir der Nahrungsreflex und das im Prozeß meiner Persönlichkeitsentwicklung herausgebildete Normverhalten kollidierten. Mein weiteres Konzentrationsvermögen unterlag hoffnungslos der Zwangsvorstellung, während eines grundlegenden Referates in eine Blutwurststulle beißen zu müssen. Solchermaßen verwirrt, blieben meine Augen zum ersten Mal an ihm haften. Vielleicht, weil er weiter unablässig, auch später gegen Ende des kommenden Volkswirtschaftsplanes, aufmerksam und gewissenhaft in ein schwarzes Heft schrieb. Wie ich so zu ihm hinschaute, sah er hoch, wollte wieder seine Augen abwenden und konnte es nicht. Wenn mir in diesem Moment prophezeit worden wäre, daß er in meinem Leben, oder besser, ich einmal in seinem Leben so unerhört bedeutsam werden würde, ich hätte nur gelacht. Denn, wie ich schon sagte, es war nichts, aber auch gar nichts Besonderes an ihm.

Er war in jenem Alter, in dem die Männer über die Intensivierung ihres Lebens nachdenken. Als er sich mir während der Pause in den Weg baute, seine dicke Brille zurechtrückte und über sein schütteres Haar strich, überkam mich die alberne Vorstellung von einer magenkranken Dogge. Dabei waren es aller Wahrscheinlichkeit nach gerade dieser müde und verbrauchte Zug in seinem Gesicht und die Narbe, die seine linke Hand verunstaltete, die mein historisch verbildetes weibliches Mitgefühl mobilisierten. So verblieb meine Blutwurststulle, trotz aller Aufregung, die sie in meinem Nervensystem erzeugt hatte, in der Tasche, und ich gestattete ihm den Erfolg, mich zum Kaffeetrinken verführt zu haben.

Ihn aber beeindruckte dieses Erlebnis derart, daß er mir unsagbar beflügelter erschien, als dies der nackten Wahrheit entsprach. Ich hatte in jenen Tagen so selten etwas vor. Ich hätte aus Langeweile dem Teufel Gefolgschaft geleistet. Warum sollte ich also nicht mit einem angegrauten, lüsternen, dicken Mann ein kleines abgelegenes Restaurant aufsuchen.

Das Zigeunersteak – meine Blutwurststulle verfütterte ich am anderen Morgen vom Balkon aus an die Möwen – und der rote Wein waren seine Wahl. Ich bevorzugte damals eigentlich lieblichen Weißen, er aber sagte, der echte Kenner zeige sich am Rotwein. Ich dachte wieder darüber nach, ob er magenkrank sei.

In unserer Unterhaltung gab es nichts, dessen man sich erinnern müßte. Aber man sollte unserer Mittelmäßigkeit die vielen abgesessenen Stunden zugute halten und die tatsächlich widrige Gesprächssituation: keine verbindenden Erinnerungen, kaum gemeinsame Bekanntschaften, noch undeutlich verbotene Zonen in unseren separaten Welten. So brachten mir zwar seine Berichte über das Verheiraten einer Tochter mittelbar Aufschlüsse über seine familiäre Gegenwart, aber eigentlich konnte sie mir einschließlich seiner genaueren ehelichen Umstände absolut gleichgültig sein.

Wieso beglich ich, als er kurz hinausgegangen war, die Rechnung? Ich glaube, da lag bereits ein entscheidender Fehler. Mir war irgendwie wohl dabei, war ich ihm doch nun zu nichts verpflichtet. Aber es steckte nichts weiter dahinter als eine gründliche Fehlinterpretation der Gleichberechtigung, zumal mir meine Blutwurststulle sicherlich besser geschmeckt hätte als dieses zähe Zigeunersteak und ich den roten Wein nicht mochte. Auf jeden Fall stellte ich damals, als ich den Kellner heranwinkte, eine Weiche in unserer weiteren Rollenverteilung, denn man denke bloß nicht, ein Verhältnis wie unseres erfordere keine innere Ordnung.

Schlamperei oder umwälzender Elan sind hier noch weniger am Platz als bei anderen in das Fundament der Gesellschaft eingelassenen Verbindungen.

Wir sind dann später nie wieder in ein Restaurant gegangen, sondern er besuchte mich in meiner kleinen Wohnung in der zwölften Etage des Hochhauses, an dem die Balkone wie Bienenwaben kleben.

Die Liebe mit ihm war nicht sonderlich erfreulich. Er kam ohne weitere Einleitung über mich und beschäftigte sich an mir mit sich. Hinter der Sinnlichkeit der Frauen mutmaßte er Tonnenideologie, und folglich bemaß er die Kultur seiner Liebeshandlung in deren Quantität. Trotzdem wäre ihm die Offenbarung meines Empfindens wohl nicht als Niederlage nahegegangen, denn durch Statistiken aufgeklärt, schätzte er den Prozentsatz der frigiden Frauen im Abendland auf sechsundneunzig. Welche richtige Frau aber würde nicht ihren Ehrgeiz dareinsetzen, zu den verbleibenden vier Prozent gezählt zu werden. Außerdem war allen Gedankengängen vorzubeugen, die in der Frage endeten: »Warum ich eigentlich ...?«

Während ich also für seine Befriedigung schwer atmete und leise stöhnte, dachte ich daran, daß das blaue Sommerkleid zur Reinigung müsse. Ich legte seine Hand mit der Narbe zwischen meine Schenkel, doch er begriff nichts. Vielmehr registrierte er mit Staunen die ihm neu erschaffenen Fähigkeiten zur Lust, überließ sich gänzlich dem passiven Genießen, so daß in der Zukunft ich über ihn kommen mußte, was meinem natürlichen Empfinden zuwiderlief.

Vielleicht hätte ich es nicht getan, wenn ich bedacht hätte, daß er so schreien würde. Aber das konnte ich wirklich nicht ahnen, denn er war der ruhigste Mensch, den ich gekannt habe.

Danach übermannte ihn meist die Müdigkeit, und er fiel in einen kurzen tiefen Schlaf, während ich einer kleinen Mahlzeit die letzte Würze verabreichte. Ich wußte bald um seine Neigung zu herausgeputzten Speisen mit überraschenden Nuancen und fremdartigen Namen und kredenzte ihm den Pepsinwein vor der Suppe. Vielleicht kam er anfangs mehr wegen der Liebe und später mehr wegen des Essens.

Ich machte mir nichts aus diesen Essen, denn mir war damals oft übel. Wissen überbrückt nicht immer die Abgründe unserer Furcht, und so quälte mich eine abergläubische Scheu vor der Pille. Dieser Eingriff in das feine Zusammenspiel jener Kräfte, die die Lebensprozesse steuern, schien mir grob und unzulässig. Unnachweisbar, und eben darum unheimlich, würde sich die Struktur meines Seins ändern. War ich dann noch ich?

Abwegig verstaubte Anwandlung einer Frau mit im übrigen durchaus moderner Weltanschauung!

Er machte sich Sorgen! Und ich müsse ihm schon erlauben, daß er sich Sorgen um mich mache. Derart beschämt, schluckte ich die Pille und konnte mich nur schlecht daran gewöhnen. Obwohl mein Arzt mir wissenschaftlich nachwies, diese anhaltende Übelkeit könne nur eine Folge psychischer Verkrampftheit sein, war mir doch ganz real schlecht. Ich sprach nicht länger darüber, schließlich nehmen so viele Frauen die Pille.

Im Winter rochen seine Anzüge nach abgestandener Rauchluft, und ich hängte sie manchmal auf den Balkon. Im Sommer kam er meist verschwitzt, und mich begann der Geruch seines Körpers zu stören.

In unserer späteren Zeit ist er oft müde gewesen. Ich drängte ihn nie. Es war mir einerlei. Wir hätten auch gleich mit dem Essen beginnen können.

Er führte ein einwandfreies Familienleben, in dem ich keinen Platz hatte, nicht einmal als entfernte Kollegin. Ich stimmte dem unbedingt zu. Nüchtern gesehen: Scherereien hätte es nicht verlohnt. Ein Geheimnis war auch eine Waffe. Eine Waffe gegen das unerhörte Gefühl der Verlassenheit, das mich damals wie ein wieder- und wiederkehrender Angsttraum bedrängte. Ein Spannungselement, und hing auch noch so viel Selbstironie daran. Ein Kontrast im Gleichklang meiner Tage.

Nur einmal, ein einziges Mal, habe ich bei ihm angerufen. Das war nach jener Sitzung, die acht Stunden gedauert hatte und in der ich als allerletzte zu Wort kam. Ich sprach und sprach, und keiner hörte mich. Ich sprach nicht nur, um gesprochen zu haben, ich hatte tatsächlich etwas zu sagen. Ich redete mich in Eifer, ich beteuerte, ich gestikulierte, ich beschwor. Und die einen packten schon ihre Taschen, andere sahen mißmutig auf die Uhr, noch andere hatten den Wechsel des Redners gar nicht bemerkt.

Danach brauchte ich einfach irgendeinen Menschen. Ich suchte den Zettel mit seiner Telefonnummer, den er mir in Anfangsgroßartigkeit gegeben hatte. Ich wählte die ersten drei Nummern. Hier schaltete sich das Tonband ein: »Kein Anschluß unter dieser Nummer.« Ich versuchte es ein weiteres Mal. Das gleiche. Im Telefonbuch war er nicht eingetragen. Ich vergaß später, ihn danach zu fragen. Ich hätte sowieso nicht wieder angerufen.

Ich arbeitete viel und zuverlässig, damals. Ich ließ mir dieses und jenes aufbürden, das nicht mein Amt gewesen wäre. Ich war häufig erschöpft. Die Menschen sahen mich freundlich und hastig an. Wie schwer ist es doch, ein bißchen Glücksbedürfnis zu ersticken.

Er kam zu mir, wann es ihm paßte, und manchmal dachte ich: Dieses Mal war das letzte Mal, ich will nicht mehr. Es war und blieb eine verfehlte Sache. Aber wenn ich wochenlang nichts von ihm hörte, wuchs in mir der Ärger, und wenn er dann anrief, war ich erleichtert, daß ich mich nicht mehr zu ärgern brauchte, und da ich gerade nichts anderes vorhatte, kaufte ich ein und bereitete das Essen vor. Manchmal ging ich auch schnell noch zum Friseur. Und wenn er kam, erzählte ich ihm die letzten Witze und zog die Vorhänge zu, obwohl nur der Himmel ins Fenster sah. Er protestierte, aber die Vorstellung, er würde mein Gesicht dabei belauern, war mir außerordentlich unangenehm. Danach schlief er etwas, ich deckte den Tisch, schmückte ihn mit bunten Servietten und Gräsern in einer schmalen Vase, und der Klang von Ravels »Bolero« in Stereo erfüllte anschwellend den Raum.

Wenn er gegangen war, räumte ich die Wohnung auf, badete und saß lange gedankenlos an der geöffneten Balkontür.

Nein, wie ich es auch wende, da war kein Grund, es zu tun. Er hat mich immer gefragt, ob er kommen dürfe, und ich hätte nur »nein« zu sagen brauchen. Er wäre sicher recht verwundert gewesen und dann natürlich gekränkt. Hätte ich doch wenigstens ein einziges Mal, wenn er anrief, etwas vorgehabt, vielleicht wäre alles nicht passiert.

Seine Frau erwies sich als eine Enttäuschung.

Ich war vollkommen frei von Skrupeln. Das entsprang nicht so sehr einem Defekt meines Charakters als der Überzeugung, daß die Rechnung sehr zu meinen Gunsten stand, denn ich gab ihm doch ein bißchen Freude, und Freude, gegeben, strahlt im Abglanz weiter.

Ich sah sie bei einem Theaterbesuch. Es war reiner Zufall. Nicht etwa, daß ich ein attraktives Überweib erwartet hätte, aber ein derartig geringes Aufgebot an Persönlichkeit war niederdrückend. Es ist nicht zu verstehen, doch ich fühlte mich unbeschreiblich gedemütigt. Dagegen hat mich sein Erschrecken, sein »Vorbeiseh-Manöver« und seine spätere Beteuerung, er habe mich tatsächlich nicht bemerkt, eher belustigt.

Auch meine Beichte über jene mißglückte Ansprache belustigte uns sehr. Wir genossen das Spiel der kleinen absichtlichen Entstellungen, der riesenhaften Übertreibungen von Winzigkeiten, und ich wuchs zur tragischen Heldin einer amüsanten Posse. Meine Vorschläge und Ideen nahm er wohltuend ernst. Er setzte sich rückhaltlos ein. Wo mich noch Skepsis hemmte, wirkte bereits der Hebel seiner Tatkraft. Als man ihm die Medaille für ausgezeichnete Leistungen an die Brust heftete, war auch ich stolz. Natürlich konnte er unmöglich sagen, daß ich ihm die Sache in meiner kleinen Wohnung im zwölften Stock erklärt hatte.

Ohne Zweifel ist es jetzt, nachdem das alles passiert ist, für mich sehr günstig, daß niemand etwas von unserer näheren Bekanntschaft ahnte.

An jenem Abend kam er direkt nach einer Sitzung zu mir. Ich rückte ihm die Kissen im Sessel zurecht, schob die Fußbank heran, draußen wurde es bereits dunkel. Ich sah, er war sehr müde. Ich kochte einen starken Kaffee, würzte ihn mit Zucker und Zimt, gab etwas Himbeergeist in die breiten Schalen, zündete ihn an und goß dann langsam den Kaffee hinein. Ich fand es rührend, daß er sagte: »Ich bin heute sehr abgespannt, aber ich wollte dich unbedingt sehen.« Ich trug den neuen hauchdünnen weinroten Hausanzug, sonst nichts, und als er mich an sich zog, spürte ich, er war doch nicht so müde. Irgendwie mochte ich ihn in diesem Moment wie nie zuvor. Ich war besonders zärtlich zu ihm und ganz ohne Verstellung. Als ich seinen Kopf an meine Schulter legte, knurrte er leise. Ich fragte ihn, was er denke, und er sagte, mich wegschiebend: »Ach nichts. Aber ich bin doch ein altes Schwein.«

Das andere geschah völlig unerwartet. Wir aßen schneller als sonst, weil er zu Hause nicht abgemeldet war. Dann ging er, schon im Anzug, aber noch in Strümpfen, auf den Balkon, lehnte sich über die Brüstung, um nach seinem Auto zu sehen. Wie er so auf Zehenspitzen stand und sich reckte, faßte ich seine Füße und riß seine Beine hoch. Er hat nicht versucht, sich festzuhalten, er war wahrscheinlich zu überrascht. Das erklärt auch, wieso er erst so spät geschrien hat. Da war er schon in der Höhe des siebenten oder sechsten Stocks. Seine Schuhe und seinen Mantel habe ich hinterhergeworfen. Ich räumte die Wohnung auf, badete und setzte mich an die offene Balkontür. Ravels »Bolero« erfüllte anschwellend den Raum.

Manchmal grübele ich darüber nach, wie diejenigen, die seinen Nachruf verfassen, die Tatsache, daß er ohne Schuhe Selbstmord beging, damit in Einklang bringen, daß er der korrekteste Mensch war, den sie oder irgend jemand anderes kannten.

Katja Lange-Müller

Für Kehzi

O Mann, als ich dich kennenlernte, war ich splitterdünne. Ich hatte einen weißen Knautschlackmantel an, Suffragettenstiefeletten und falsche Wimpern. Deine Saufkumpel nannten mich heimlich das weiße Elend. Die Nerzhaarwimpern leimten ab und zu mal ab und hingen mir dann schief über dem träumenden Auge. Ich hatte einen so feuchten Blick, seinerzeit, zu deiner Zeit. Den versenkte ich einen ganzen Abend lang in deine rotgeäderten Gelatineaugen, als hoffte ich, darin Fische zu angeln. Deine Spritkollegen Trist und Scheel fanden mich wohl Wunder wie schön. Aber du moderiertest nur den Stammtisch, unter Absingen falscher Fremdwörter mit richtiger Betonung.

O Amadeo, du mozartes Streichelquartett! Ich spielte hinter vorgehaltenem Tischtuch Versteck mit deiner linken, verheirateten Hand. Und die? Ja, auch sie war feucht. »Herzlieb Scheiden. Und das tut weh.« Aber nein, wir schieden keinesfalls in dieser kalten Schneenacht. Du ließest uns Bier auf Weinflaschen ziehen und wir traten die Straße. Der unentschlossene Stadtwinterwind spielte mit deinen Tränen, den konjunktivitisch erzeugten. Du nanntest mich Almaida, tropfes Tier und eine gewisse Lakschmi, Mondgöttin. Ein gefälschtes Taxi, wie im Fluge, trug uns hin, zu meiner Keksbüchse unterm Flachdach. Der fette Kater Pestalozzi schrie um Fressen. Ich mußte ihn ins Klo sperren. Dann pflücktest du mir die übrige künstliche Wimper vom Lid, entkorktest die Weinbier- oder Bierweinflaschen und die letzten versprengten Reste meiner schönen Seele. Ich gab mich jedoch nicht sogleich zu erkennen, sondern fragte, sicherheitshalber, noch nach deinem Beruf. Nicht ohne die sehr vage Hoffnung, du seist kein Frauenarzt oder Plüchiater.

»Man muß das erfolglose Leben bewirtschaften«, seufzetest du. »Bordellmäßig abfackeln, bitte versteh doch.« Ich verstand nur deinen Daumen auf meinem buntfleckigen Handsetzerknie. Wir ließen uns das Faulbier munden, und als ich mir wörterlos ein Spiegelei briet, nanntest du mich Narzisse.

Den dritten Teil der Nacht über spieltest du mit meiner Smaragdeidechse Kehzi, Herr Lorenz. Weil sie »so ein schöner, altmodischer Organismus« war. Du setztest sie auf dem nackten Fußboden aus, löschtest das Licht und riefst uns zu: Verhaltet euch! Ich kroch hierauf ins Bett. Meine Eidechse ebenfalls. Und schließlich und endlich auch du. Erstaunlich, daß wir den »altmodischen Organismus« nicht zerquetscht haben. Wußte ich, ob sie rechtzeitig geflohen war? Seit gestern nun, suche ich das Reptil nicht mehr. Und es frißt auch niemand mehr diejenigen meiner Mehlwürmer, welche von ihresgleichen oder Kehzi noch nicht aufgefressen worden waren.

Irmtraud Morgner

Das Duell

Ich arbeitete jahrelang an diesem Entschluß. Eines Abends war er gefaßt. Kurz vor Geschäftsschluß betrat ich den Laden und verlangte einen luftbereiften Roller. Der Verkäufer zeigte mir verschiedene Ausführungen. Ich verlangte einen ganz bestimmten. Der Verkäufer holte drei weitere Exemplare vom Lager. Ich verlangte den verchromten mit schaumgummigepolsterter Sitzeinrichtung, Hand- und Fußbremse sowie dynamobetriebener Lampe zu achtundneunzig Mark siebzig aus dem Schaufenster. »Fensterware erst nach Dekorationswechsel«, sagte der Verkäufer. »Wann wird gewechselt?« – »In drei bis vier Tagen.« – »Zu spät«, sagte ich. Der Verkäufer fragte nach dem Datum des Geburtstages. Ich versicherte, kein Geburtstagsgeschenk kaufen zu wollen. »Dann kann das Kind auch noch drei, vier Tage warten«, sagte er. »Keine Stunde«, sagte ich. »Wie alt ist denn das Kind?« fragte er. »Ich kaufe den Roller für mich«, sagte ich. Der Verkäufer wechselte einen Blick mit dem Ladenmeister. Der winkte die anderen beiden Verkäufer zur Kasse. Ich stand vor der Kasse und wedelte mit dem Scheck. Der Ladenmeister bedauerte, mir auf Scheck nichts verkaufen zu können. Ich verwies darauf, daß es sich bei dem Papier um einen Barscheck handelte, steckte ihn ein und holte vier grüne Geldscheine aus der Tasche. Der Ladenmeister brachte seine Verwunderung über die Summe zum Ausdruck, die ich mit mir führte. »Lohntag«, sagte ich. »Wo?« fragte er. »Bei der BVG«, sagte ich. »Was arbeiten Sie denn da?« fragte er wieder. »Ich bin Schaffnerin, krieg ich nun den Roller, ja oder nein.« – »Schaffnerin«, sagte der Ladenmeister und wechselte Blicke mit seinem Personal. Ich wechselte das Standbein. Ein Verkäufer riß den Arm hoch, winkelte ihn an und gab bekannt, daß die Uhr in fünf Minuten neunzehn Uhr anzeigen würde. Wir verglichen unsere Uhren. Wir stellten Einstimmigkeit fest. Der Ladenmeister erklärte seinen Laden für geschlossen und bat mich, morgen wiederzukommen. Ich machte ihn auf die Gesetzwidrigkeit seiner vorzeitigen Handlung aufmerksam, sagte ferner, daß ich meine Zeit nicht gestohlen hätte, und bestieg einen der herumstehenden luftbereiften, jedoch nicht verchromten und nicht mit schaumgummigepolsterter Sitzeinrichtung versehenen Roller, entschlossen, die noch verbleibenden viereinhalb Minuten für Trainingszwecke zu nutzen. Der Laden war weiträumig. Sein linker Trakt wurde von vier Säulen gestützt. Ich benutzte ihn als Slalomstrecke. Obgleich ich noch nie in meinem Leben auf einem luftbereiften Roller gestanden hatte, nahm ich die Kurven sicher. An den Schaufenstern standen Leute. Die Finger meiner rechten Hand lagen auf dem Bremshebel. Vor jeder Kurve klappte ich ordnungsgemäß den Winker heraus und verringerte die Geschwindigkeit. Wenn ich am Verkaufspersonal vorbeifuhr, blendete ich ab und klingelte. An den Schaufenstern drängten sich Menschen. Die Räder waren vorzüglich gelagert, einmal mit dem Fuß abstoßen, und ich hatte Schwung für eine ganze Runde. Menschenmassen belagerten die Schaufenster. Der Geschäftsführer schien um die Scheiben zu bangen. Er rannte abwechselnd zu den Scheiben und hinter mir her. Ich war schneller. Er gestikulierte. Stumm. Das gesamte Personal gestikulierte stumm. Schließlich bestieg der Ladenmeister das Auslagenpodest, um den Ruf des Ladens zu retten, wie er später in seiner Anzeige formulierte, er bestieg wie gesagt das Podest, schnitt den an Perlonfäden hängenden verchromten, mit schaumgummigepolsterter Sitzeinrichtung, Hand- und Fußbremse sowie dynamobetriebener Lampe versehenen Roller ab, schrieb einen Kassenzettel aus, ich betätigte sofort Hand- und Fußbremse und stellte das relativ gute Gerät zurück zu den anderen seiner Art, dankte, man händigte mir das absolut gute gegen die auf dem Preisschild angegebene Summe aus. Eingepackt, ich mußte versprechen, den mit mehreren Quadratmetern Wellpappe verhüllten und mit Tauwerk verschnürten Traum nach Hause zu tragen.

Als Kind hatte ich von Holzrollern geträumt. Ein Mädchen im Nebenhaus besaß einen gummibereiften zu sieben Mark achtzig. Mit dem fuhr ich nachts über die Dächer. Bisweilen erschien mir auch ein Tretroller im Traum. Den fuhren Damen von Schneewittchen aufwärts. Aber luftbereift war auch der nicht gewesen. Unvergleichbar jenem, den ich bis zur Unkenntlichkeit verschnürt aus dem Laden schleppte. Geschultert. Die Menge bildete eine Gasse. Ich schritt hindurch und auf dem schnellsten Weg nach Hause, versprochen ist versprochen.

Die meisten Bewohner meines Hauses bezeichneten mein Hobby als komisch. Anfangs. Ein international bekannter Radballsportler, wohnhaft im Vorderhaus, griff sich an den Kopf. Ich boykottierte die Verkehrsmittel, deren unentgeltliche Benutzung mir zustand, und fuhr täglich mit dem Roller zum Dienst. Mein Gesundheitszustand verbesserte sich. Doktor Lauritz, der mir von je Bewegung verordnet hatte, war zufrieden. Als ich ihm verriet, wie ich mich bewegte, verwickelte er mich in ein längeres Gespräch über Gegenstände, die auf seinem Schreibtisch standen. Außer Dienst bewegte ich mich vorzugsweise luftbereift, zum Bäcker fuhr ich, zum Fleischer, alle Besorgungen erledigte ich mit dem Roller, Plage wandelte sich in Wohltat, manchmal kaufte ich für meine Nachbarn ein. Natürlich ließ sich der Lenker schwer bedienen, wenn prallgefüllte Netze an ihm hingen, aber die Erziehung, die ich genossen hatte, wertete Angenehmes nur dann moralisch auf, wenn es mit Nützlichem verbunden war. Ich versteuerte mich nie, beladen und dennoch leicht fuhr ich dahin, beflügelt von dieser selten erlebten Harmonie zwischen Moral und Lust, ich fuhr, ich fuhr, größer als sonst – zwischen Trittbrett und Straße maß der Abstand zwölf Zentimeter –, ich schaukelte mich auf den Luftpolstern über die Unebenheiten von Pflaster-, Asphalt- und Betonstraßen, bergauf stieg ich nie ab, schon bei geringem Gefälle war Anschieben mit dem Fuß überflüssig, tat ich es dennoch, überholte ich nicht selten Straßenbahnzüge auf Strecken, die nur mit einer Geschwindigkeit von dreißig Kilometern befahren werden durften. Oft saß ich jedoch auch auf dem schaumgummigepolsterten Sitz, der stahlrohrgestützt über dem verchromten Kotflügel des Hinterrads angebracht war, lauschte dem Summen des Dynamos und genoß den Fahrtwind. Der stemmte sich gegen mich, zauste das Haar, bauschte den Mantel, trieb mir Tränen in die Augen: Ich besiegte ihn immer. So eroberte ich binnen kurzem alle Straßen des Stadtbezirks und eine mir umständehalber bis dahin vorenthalten gebliebene Lustbarkeit des Lebens. Ich pries sie, wo sich Gelegenheit bot. Die meisten Erwachsenen fanden sie wie gesagt komisch. Mitleidig oder auch froh über die unverhoffte Abwechslung sahen sie auf mich herab. Anfangs. Die Kinder hörten mir zu. Alle lachten. Am fünften Tag nach dem Kauf standen, als ich meinen Roller bestieg, um zum Dienst zu fahren, einige Frauen und Männer vor der Haustür. Als ich wiederkehrte, versperrte eine Menschenmenge den Torweg. Ich fragte, ob man gestatten würde, man gestattete, zögernd, eine Frau verlangte Auskunft über den Zweck, zu welchem ich mich derartig benähme. Ich erläuterte den Zweck der Fortbewegung. Man fragte nach dem Sinn. Ich erläuterte den Sinn des Spaßes. Die Menschenmenge sah mißtrauisch zu mir hinauf. Am anderen Morgen besuchte mich ein Herr in meiner Wohnung und protestierte im Namen gegen derartige Provokationen, die einer Verächtlichmachung des Radsports, das heißt einer olympischen Sportart, das heißt der olympischen Idee, gleichkäme. Ich versicherte ihn meiner Loyalität. Er versicherte mir, nicht zu ruhen. Als ich gegen Mittag den Roller im Straßenbahndepot an seinen Platz stellte, wurde ich zu Betriebsarzt Lauritz gerufen. Er schrieb mir eine Überweisung für die psychiatrische Abteilung der Charité. Auf dem Weg zur Charite merkte ich, daß die Fußbremse defekt war. Da ich den Laden in der Nähe wußte, fuhr ich einen kleinen Umweg und wandte mich vertrauensvoll an den Fachmann, bei dem ich den Roller gekauft hatte. Der Fachmann wechselte sofort einen Blick mit dem Ladenmeister. Dieser winkte die anderen beiden Verkäufer zur Kasse. Ich stand vor der Kasse und erläuterte mein Anliegen. Als keiner von den vier Herren die bedrohte Kasse, wie später in der Anzeige formuliert war, verließ, um den Schaden in Augenschein zu nehmen, führte ich den Schaden vor. Ich stellte den rechten Fuß aufs Trittbrett, stieß mich mit dem linken zweimal kräftig ab, trat mit dem linken Absatz mehrmals auf den Bremsknopf, vergebens, ich fuhr zwei Runden durch den weiträumigen Laden, alle anwesenden Käufer konnten bestätigen, daß die Fußbremse nicht funktionierte. Der Ladenmeister nahm meine Personalien auf, händigte mir einen Reparaturzettel aus und behielt den Roller. Kurz darauf bekam ich die Mitteilung, daß gegen mich eine Anzeige wegen groben Unfugs sowie Erregung öffentlichen Ärgernisses vorläge.

Da machte ich mich zum drittenmal auf den Weg, betrat den Laden kurz vor der Mittagspause, stellte mich in einer Entfernung von zirka zwei Metern vor dem Ladenmeister auf, gab die Bedingungen bekannt, verzichtete auf einen Sekundanten, gewährte ihm drei, nahm die Schultern zurück, zählte, holte tief Luft und lachte ihn tot.

Helga M. Novak

Durchreise

Die Empfangshalle ist aus Marmor. Ihre geviertelte Decke ist mit Vögeln, Blütenzweigen, Pfauen bemalt. Die Pfauen schlagen Rad. Von der Decke sehen leuchtende Pfauenaugen herab.

In die Wände der Halle sind hohe Spiegel eingelassen. Die verschnörkelten Rahmen sind vergoldet. Was die Spiegel zurückwerfen, scheint vergoldet.

Große, aus Zement gegossene Schalen stehen in den Ecken. Sie sind voll Sand. Rosa, hellbraune und weiße Zigarettenfilter ragen aus dem Sand.

In der Wand zur Straße drehen sich Ventilatoren. Dicke graue Staubflocken wehen herein und hinaus.

Der Boden ist mit weinrotem Teppich ausgelegt. Vom Eingang zum Empfangsbord ist der Flor abgetreten. Die Kettfäden aus Hanf schimmern durch.

Das Hotel steht in der Altstadt.

Ein Schwarm älterer Damen betritt die Halle. Sie schwatzen. Sie nicken dem Geschäftsführer zu. Sie lassen sich in der Sitzecke nieder. Sie legen ihre Hüte, ihre Handschuhe auf die Rauchtische und bieten einander Zigaretten an. Sie rauchen. Sie reden schnell durcheinander und lachen hoch.

Eine von ihnen kommt zu mir herüber, bietet mir eine Zigarette an, läßt die Gasflamme steil vor mir aufschießen. Sie trägt zwei Trauringe am rechten Ringfinger. Sie deutet auf die Ringe. Sie setzt sich. Sie sagt, wir sind keine Kinder von Traurigkeit. Sie lächelt. Sie sagt, Sie sind fremd hier. Ich sage, ich bin heute angekommen. Sie sagt, wie gefällt Ihnen unsere Stadt. Ich sage, es ist eine zauberhafte Stadt. Sie sagt, Sie sind goldig. Die Stadt steht Ihnen. Im Handumdrehen werden Sie hier heimisch sein. Es zu etwas bringen. Ich sage, ich bin allerdings nur. Sie sagt, einsam. Doch nirgends werden Sie in kurzer Zeit so viele Freunde finden wie hier.

Sie steht auf. Sie nickt munter. Sie geht zu den Damen.

Die Witwen zeigen jauchzend auf den Geschäftsführer, an

die Decke, in die Spiegel, auf ihre Ohrringe, Broschen, Knöpfe, Schuhe. Sie zeigen in ihre Magen-, Leber-, Herz-, Nierengegenden. Sie plappern. Sie gebärden sich.

Eine andere Dame tritt zu mir. Sie bietet mir Konfekt an. Sie sagt, unsere Teestunde. Brauchen Sie ein Zimmer? Ich sage, nein, danke. Sie lächelt. Sie geht in ihre Ecke zurück.

Die dritte Dame ist ernst.

Sie sagt, wieviele Studenten sind in der Universität eingeschrieben?

Ich sage, das weiß ich nicht.

Sie sagt, raten Sie mal.

Ich sage, ich kann es nicht erraten. Ich kenne die Universität nicht.

Sie sagt, schätzen Sie.

Ich sage, unmöglich. Mir fehlt jeder Anhaltspunkt.

Sie sagt, ich glaube Ihnen, deshalb sollen Sie raten. Nennen Sie irgendeine Zahl, ich sage dann Wasser oder Kohle oder Feuer.

Sie kichert.

Ich sage, meine Dame, ich habe keinerlei Beziehung zur hiesigen Universität.

Sie sieht mich verzeihend an. Sie ergreift meine Hand. Sie drückt sie. Sie fragt freundlich, unter einer Bedingung, daß Sie sich nur auf der Durchreise befinden.

Christa Reinig

Kluge Else, Katherlieschen und Gänsemagd als Bremer Stadtmusikanten

An dem tag, als der bräutigam kam, saß die kluge Else im keller und weinte. Nach dem essen schenkten sich die männer schnaps ein. Elses vater prostete seinem Schwiegersohn zu. Er erzählte: »Stell dir vor, lieber schwiegersohn, ich schick die Else in den keller zum bierholen. Sie kommt und kommt nicht. Ich geh sie suchen. Da sitzt sie und heult. Sie zeigt über sich, da ist eine axt in den balken geschlagen. Sie sagt: ›Stell dir vor, lieber vater, ich heirate und krieg ein kind. Das wächst heran. Ich schick's in den keller zum bierholen. Es kommt und kommt nicht. Ich geh es suchen. Da liegt's blutüberströmt. Die axt ist ihm auf den kopf gefallen und hat es erschlagen.‹ Hat man so was schon gehört!« — »Nein«, sagte die kluge Else, »es war ganz anders.« Alle schwiegen und staunten darüber, daß die kluge Else den mund aufgetan und was gesagt hatte. »Wie war es denn?« fragte der bräutigam freundlich. »Es war irgendwie anders«, sagte die kluge Else. Die männer lachten. Die mutter schüttelte den kopf und machte: »t, t, t.« Else mußte wieder losheulen und lief auf die Straße hinaus. »Sie kommt schon wieder«, tröstete der vater den bräutigam. Else aber lief geradeaus weiter und beschloß, nie wieder umzukehren.

Da sah sie ein mädchen an der straße sitzen, das weinte. Das mädchen sah häßlich aus und gefiel ihr von anfang an nicht. Sie ging hin und fragte, warum es weinte. Das mädchen erzählte: »Ich bin das Katherlieschen. Mein mann hat mich aufs feld geschickt. Ich denk bei mir: Eß ich erst oder schlaf ich erst oder schneide ich erst das korn? Erst hab ich natürlich gegessen, dann bin ich eingeschlafen, und als ich aufwachte, da war das korn schon geschnitten. Hab ich das gemacht, dachte ich bei mir, dann bin ich nicht das Katherlieschen. Ich hab nämlich die arbeit nicht erfunden, mußt du wissen. Ich ging nach haus und klopfte an: Ist das Katherlieschen da? Mein mann antwortete durch die tür: Das Katherlieschen ist schon längst zu haus. Es hat das korn geschnitten, dann hat es gegessen und nun schläft es. Irgendwie hatte ich das gefühl, daß mein mann mich belog und daß ich doch das Katherlieschen bin. Wer kennt sich mit den männern aus? Jedenfalls hat er die tür nicht aufgemacht.« – »Er wird sich von dir scheiden lassen«, sagte die kluge Else schadenfroh. »Dann nehme ich mir das leben«, heulte das Katherlieschen. Die kluge Else sagte: »Komm mit mir. Etwas besseres als diesen mann findest du überall. Wir gehn nach Bremen und gründen eine beatband. Ich spiele abwechselnd die erste und zweite gitarre. Du schlägst die pauke und singst dazu.« Das Katherlieschen heulte: »Das kann ich nicht. Ich bin einfach zu dämlich, mußt du wissen.« Dann ging sie doch mit.

Nachdem sie eine weile gegangen waren und geschworen hatten, nie wieder umzukehren, begegneten sie der gänsemagd. Der waren alle gänse davongelaufen. Sie trug ein zerfetztes weißes kleid und – dreimal dürft ihr raten! – sie heulte. Die beiden mädchen ergötzten sich an ihrem anblick und mutmaßten: »Ihr bräutigam ist ihr durchgebrannt. Daß sie überhaupt einen abgekriegt hat. Auf so was fliegen ja die männer. Und was kleines ist sichtbar unterwegs.« Sie konnten ihre neugier nicht mehr zügeln und sprachen die gänsemagd an. Die berichtete folgendes: »Ich habe mich in ein pony verliebt. Es hatte ein silbergraues fell und seelenvolle braune augen, und wimpern so lang und dicht wie rasierpinsel. Fallada hieß es. Und es konnte sprechen. Wir haben miteinander geredet, als wären wir zwei menschen. Aber dann bin ich eine zeitlang mit einem prinzen gegangen und wurde schwanger. Alle leute sagten: Du mußt das kind ehrlich machen. Du mußt den prinzen heiraten. Ich sagte: Aber ich liebe den prinzen nicht. Ich liebe auf der welt allein Fallada. Da haben sie Fallada totgeschossen, ihm den kopf abgeschnitten und ans rathaustor genagelt. Auf dem weg zum standesamt mußte ich an dem kopf vorüber. Da habe ich den prinzen stehen lassen und bin weggerannt. Ich verlor einfach die nerven. Jetzt habe ich keinen Fallada mehr, und mein kind hat keinen vater.« – »Ich weiß was«, sagte die kluge Eise, »komm mit uns. Etwas besseres als diesen prinzen findest du allemal. Wir gehn nach Bremen und gründen eine beatband. Ich spiele abwechselnd die erste und die zweite gitarre. Katherlieschen trommelt und singt dazu, und jetzt fehlt uns eine baßgeige. Das könntest du sein.« Die gänsemagd besann sich nicht lange und folgte den beiden. Auf dem weg nach Bremen kamen sie durch einen finsteren wald. Sie stolperten über wurzeln; dornen zerrissen ihnen das gesicht und die finger, und ab und an blieben sie im morast stecken. Die mädchen meinten, hier ginge es nicht weiter. »Es muß weitergehen«, beharrte die kluge Else, »wenn wir hier stecken bleiben, sind wir morgen früh tot.« – »Du bist immer so autoritär«, maulte Katherlieschen. Die kluge Else brach in tränen aus. Da mußten die beiden anderen mädchen mitweinen. Als sie keine tränen mehr hatten, fühlten sie sich wunderbar erfrischt und marschierten weiter.

In dem finsteren wald stand ein haus. Darin lag eine spezialeinheit der streitkräfte. Die soldaten schliefen. Der offizier ließ sie wecken und sich ankleiden. Dann sagte er mit seiner lieben, leisen stimme: »Ihr herren, ich bitt euch, singt ein lied.« Die soldaten taten, was sie an dieser stelle immer taten, sie versuchten mit gewalt die augen offen zu halten und brüllten so laut sie konnten:

»Jesus, meine zuversicht,
erdbeertorte gibt es nicht.
Dieses war der erste vers,
und nun kommt der zweite vers.
Jesus meine zuversicht,
erdbeertorte gibt es nicht.
Dieses war der zweite vers,
und nun kommt der dritte vers.«

Beim hundertzweiten vers fiel der erste um. Er knallte mit dem gesicht auf die erde. Es gelang ihm, sich aufzurappeln. Der offizier erläuterte mit sanfter stimme: »Bis ans ende eurer tage werdet ihr Jesus und erdbeertorte hassen. Aber stets, wenn ihr im drecke steckt, wird euch dieses lied einfallen, und dann werdet ihr euch an alles erinnern, was ich euch gelehrt habe. Als erstes mache ich euch zur sau und als zweites mache ich euch zu männern.« Das lied ging weiter. Bei hundertsechsundfünfzig fiel der zweite um. Er schaffte es nicht nach oben. Der offizier sagte geduldig: »Bis er wieder im lande ist, werden wir uns die zeit vertreiben. Und jedesmal werdet ihr euch dafür bedanken, daß ich richtige männer aus euch mache.« Die soldaten taten, was sie an dieser stelle immer taten. Sie machten liegestütz und zählten laut: »Eins, danke! Zwei, danke! Drei, danke! ...« und so weiter. Der offizier beugte sich über das ohr des gefallenen und brüllte plötzlich laut: »Mann, du bist ein mann! Steh auf! Ein mann ist ein kamerad. Er läßt seine kameraden nicht im stich. Für jeden liegestütz, den sie machen müssen, werden sie dich hassen bis ans ende ihrer tage.« Aber der soldat schaffte es nicht. Der offizier griff ihm unter die achseln und hob ihn auf. Er stellte ihn sorgfältig ins glied zurück und zupfte ihm eigenhändig die uniform zurecht. Er rückte ihm den helm gerade. Er war wieder ganz lieb und leise und erläuterte: »So schmiede ich euch zu einer unverbrüchlichen kampfgemeinschaft zusammen.« Aber bereits bei zweihundertzwei fiel der dritte. Er brach ins knie, gelangte aber aus eigener kraft wieder hinauf. Der offizier öffnete ein fenster und schwärmte: »Diese herrliche mondnacht. Und eine luft wie seide. In solcher nacht darf der mensch nicht zu hause hocken. Im walde spazierengehen, wo die käuzchen schreien. Und die gesunde, reine luft tief in die lungen einatmen.« Die soldaten rannten hinaus und umkreisten mehrmals das haus. Es war so kalt, daß sie rannten, was sie nur konnten, und kamen ins haus zurück. Sie bauten sich wieder auf. Ihr lied hatten sie nicht vergessen. Der zweite soldat fiel zum zweitenmal um. Endgültig. Sie ließen ihn liegen. Ab vers fünfhundertfünf graute der morgen.

Die drei mädchen hatten sich dem haus genähert. Sie hörten das gebrüll und ängstigten sich: »Das sind soldaten. Sie werden uns was antun.« Aber die neugier war größer als die furcht. Sie linsten durchs fenster. Ein soldat sah ihre schmutzigen visagen und kreischte: »Die Russen kommen!« Die spezialeinheit der streitkräfte verließ ihren standort und stürmte gegen die verschlossene tür. Die tür krachte aus den angeln, und die soldaten gewannen das freie. Da sie zu einer unverbrüchlichen kampfgemeinschaft zusammengeschmiedet waren, hatten sie den halbtoten kameraden ergriffen und schleiften ihn hinter sich her. Der offizier war der tapferste. Er floh als letzter. Nach einer weile legten die soldaten eine kampfpause ein. Sie ließen sich auf den rücken fallen und spreizten die beine. Einer keuchte: »Warum sind wir eigentlich geflohen? Die Russen sind doch seit vierzehn tagen wieder einmal unsere verbündeten.« Ein anderer keuchte: »Das waren keine Russen. Das waren Chinesen.« Als sie genug luft geschöpft hatten, flohen sie weiter.

Die drei mädchen hatten alles mitangesehen und betraten das leere haus. Sie erschraken. Die kluge Else sagte: »Als erstes werden wir das gerümpel hinauswerfen und den dreck zusammenkehren.« Katherlieschen sagte: »Als erstes werden wir holz spalten, ein feuer anzünden und sehn, was es hier essbares gibt.« Die gänsemagd sagte: »Als erstes werden wir die wände lindgrün anstreichen und gardinen an die fenster hängen.« Und so geschah es. Aber wir wissen nicht, in welcher reihenfolge.

Malin Schwerdtfeger

Mein erster Achttausender

Wieder einmal kam Mama nachts zurück. Sie beugte sich über mich, küßte mich zwischen die Augen, und mir wurde schlecht von ihrem Geruch nach ranziger Yakbutter, nach Qualm und verdorbenem Magen. Noch halb im Schlaf tippte ich auf Tibet oder Nepal. So widerlich konnte nur jemand riechen, der geradewegs aus Zentralasien kam.

Am nächsten Morgen saß sie am großen Tisch im Eßzimmer und rührte Gerstenmehl in ihren Tee.

»Morgen, Schätzchen«, sagte sie, als ich hereinkam, »ist es nicht längst Zeit für die Schule?«

»Wir haben Ferien«, sagte ich. Ich begann im Eßzimmer herumzulaufen und ihre Sachen aufzusammeln, die sie in der Nacht einfach überall hingeschmissen hatte. Matschverkrustete Goretex-Klamotten, Alutöpfe mit angetrockneten Gerstenbreiresten, ein Spezialkocher, die Fotoausrüstung und ihre stinkenden Bergschuhe waren über das ganze Zimmer verteilt. Immerhin hatte sie es noch geschafft, ihren Schlafsack draußen über das Verandageländer zu hängen. Er war bestimmt voller Läuse.

Ich schleppte alles hinaus auf die Veranda. Nur mit dem Kochgeschirr lief ich ins Badezimmer. Ich stellte es in die Wanne und ließ heißes Wasser darüberlaufen.

»Setz dich hin«, sagte Mama, als ich zurück ins Eßzimmer kam. Sie zeigte auf den Stuhl neben sich.

»Hast du irgend etwas mitgebracht, wovon ich wissen sollte?« fragte ich und setzte mich ans entgegengesetzte Ende des Tisches. »Läuse, Krätze, Ruhr, Dengue-Fieber?«

»Ich glaube nicht«, sagte Mama. »Nur Blasen an den Füßen.«

Ich rückte ein paar Stühle weiter vor.

Ich trank meinen Kakao und sah zu, wie sie ihren Tee schlürfte. Sie hatte einen Klumpen Yakbutter in einer schmierigen Plastiktüte vor sich liegen. Davon drehte sie mit den Fingern kleine Stückchen ab, warf sie in den Tee und rührte um, bevor sie den Tee trank.

»Mama«, sagte ich schließlich, »wir müssen dir die Haare waschen!«

Während ich fast eine ganze Flasche Pfirsichöl-Pflegespülung in ihre verfilzte Matte einmassierte, erzählte Mama ungefragt von Steinschlägen am Annapurna, Überschwemmungen im Rolwalingtal und Schneestürmen in Solo Khumbu. Sie erzählte von den Wäldern Osttibets, wo es Blutegel regnet, von chinesischen Dorfgefängnissen und betrunkenen Polizisten, von Bussen, die in tiefen Schluchten zerschellen und von den schwarzgefrorenen Gesichtern der Bergsteiger, die in den verrotteten Absteigen von Lukla im Everest-Gebiet auf ihren Rückflug nach Kathmandu warten. Sie erzählte davon, wie die Höhenkrankheit ihr Gehirn aufweichte, als sie versuchte, den Pumori zu besteigen, und von der dünnen Luft des Himalaja, die das Blut träge macht und an der sich die Lungen wundatmen.

Zwei Stunden später hatte ich den letzten Knoten aus ihren Haaren gekämmt und alle Blasen an ihren Füßen aufgestochen und desinfiziert. Dann war Mama wieder so müde, daß sie sich aufs Sofa legte und sofort einschlief.

Das Telefon klingelte. Es war Arne von *Trekking Guides.*

»Hallo«, sagte Arne. »Ist sie da?«

»Sie schläft«, sagte ich, »und will nicht gestört werden. Schon gar nicht von euch.«

»Sie soll nicht so viel schlafen, lieber schreiben«, sagte Arne.

Ich legte einfach auf.

Ich kochte Kaffee für Papa. Dann brachte ich Papa den Kaffee, eine Schüssel Cornflakes und seine Thrombosespritze auf einem Tablett ans Bett.

Im Schlafzimmer war es kühl und dunkel. Aber Papa war schon wach. Sein Laptop warf einen grünlichen Schimmer über die zerwühlte Bettdecke. Papa nannte das, was er machte, Telearbeit, das heißt, er hatte einen Internetanschluß und einen E-mail-account und brauchte nie aufzustehen. Ich stellte das Frühstück neben den Laptop auf sein Bett.

»Sie ist wieder da«, sagte ich.

»Hab's gehört«, sagte Papa.

»Willst du wissen, wo sie war?« fragte ich.

»Es stinkt nach ranzigem Fett. Grönland?« riet Papa.

»Nepal«, sagte ich. »Und Tibet. Tibet ohne Einreiseerlaubnis. Sie mußte sich nachts über die Grenze schleichen. Sie mußte in Nomadenzelten wohnen und sich in verlassenen Bergdörfern verstecken. Einmal hat sie ein Polizist gefunden und ins Gefängnis gesteckt, aber sie hat ihn mit Tschang betrunken gemacht und ist abgehauen.«

»Betrunken gemacht?« Papa lachte und schwitzte. »Mit ihm gebumst wird sie haben. Mit einem dreckigen, besoffenen Chinesen.«

Ich nahm die Thrombosespritze, zog die Schutzkappe von der Nadel, schlug die Decke zurück, drückte etwas von Papas Bauchfett mit zwei Fingern zusammen und gab ihm eine Injektion in die Fettrolle.

»Das ist lieb!« sagte Papa. »Bringst du mir das Bildtelefon?«

Mit der Telearbeit hatte Papa angefangen, als Mama für Trekking Guides zu arbeiten begann. Ihren ersten Reiseführer schrieb Mama über den Kaukasus, als ich sechs war. Wir bekamen Postkarten aus dem Gebirge, die andere Reisende für sie in Jerevan oder Tiflis eingesteckt hatten. Manchmal aber hörten wir wochenlang gar nichts von ihr. Als sie wiederkam, brachte sie literweise Armagnac mit und riesige Büschel eines Krauts mit lilafarbenen Blättern. Diese Blätter kaute sie ununterbrochen und tat sie an jedes Essen. Nachts kam sie an mein Bett und erzählte stundenlang von ihren Wanderungen mit den Schafhirten und ließ mich nicht schlafen. Sie erzählte auch von einem Hirten namens Dmitri, in den sie sich verliebt hatte.

Ein paar Monate später verschwand sie wieder. Diesmal, um auf Spitzbergen zu überwintern. Sie teilte ihre Hütte mit Einar, einem Pelztierjäger, der halb Norweger, halb Eskimo war. Von dieser Reise brachte sie fünf Blaufuchsfelle mit, die sie mir vors Bett legte, und diesmal erzählte sie nächtelang vom Packeis, vom Geschmack des schwarzen Seehundfleisches, den Schrekken der langen Polarnacht und den schönen Ablenkungen, mit denen Einar sie während der monatelangen Finsternis vor dem Verrücktwerden bewahrt hatte.

Das war die Zeit, als Papa mit der Telearbeit begann.

Am Nachmittag suchte ich Mama im ganzen Haus. Ich fand sie in der Dunkelkammer. Ich riß die Tür auf und ruinierte einen Abzug. »Mach die Tür hinter dir zu«, sagte Mama. »Hat Arne angerufen?«

Ich gab keine Antwort. Arne von *Trekking Guides* war der Mensch, den Papa und ich von allen Menschen auf der Welt am meisten haßten.

Mama machte das Licht am Vergrößerungsapparat an und wieder aus. Sie nahm das belichtete Papier und legte es in die Wanne mit der Entwicklerflüssigkeit. Nach und nach erschien ein Gesicht auf dem Papier. Mama stupste es mit der Zange unter, als wolle sie es ertränken. Dann kam es in den Stopper und zum Schluß ins Fixierbad. Ich stellte mich neben Mama. Das Gesicht auf dem Foto war dunkel und glänzte fettig.

»Das ist Lopsang«, sagte Mama.

»Deine Mutter ist eine verdammte Ethno-Nutte!« schrie Papa, als ich ihm von Lopsang erzählte. »Bald wird sie sie gar nicht mehr zählen können, die Eskimos, die Indios, all die Madenfresser. Und jetzt hat sie sogar noch einen Yeti in ihrer Sammlung. Herzlichen Glückwunsch!«

»Also, ein Yeti ist er nicht, Papa«, sagte ich, »er ist ein Sherpa.«

»Mir scheißegal, was dieser Yaktreiber ist! Ich werde jetzt aufstehen und ihr die Meinung sagen. Ich will, daß sie diesen Zuhälter Arne anruft und ihm sagt, daß sie nie wieder für ihn als Trekking-Hure arbeiten wird!«

Er richtete sich mit einem Ruck auf. Ein scharfer Geruch nach Wick Vapo Rub, womit ich ihm gegen seine Atembeschwerden regelmäßig die Brust einrieb, schlug mir entgegen. Papa schnaufte und wischte sich ein paar feuchte Strähnen aus dem Gesicht.

»Nein, mach du das lieber!« keuchte er und ließ sich zurück in die Kissen fallen. »Und sag ihr, sie soll kommen und mir guten Tag sagen.«

Ich ging und nahm die volle Bettpfanne mit.

Wie immer am ersten Tag nach Mamas Rückkehr lief ich ununterbrochen zwischen meinen Eltern hin und her. Wie immer verbrachte Mama diesen Tag in der Dunkelkammer und den Abend telefonierend in der Badewanne. Und wie immer lag Papa im Bett und hackte wie verrückt auf seinen Laptop ein.

Als ich die Zinksalbe aus dem Bad holen wollte, um Papas offene Stellen damit einzuschmieren, lag Mama in der Wanne und telefonierte mit Arne. Ich setzte mich leise auf den Wäschepuff und hörte zu. Ich schaute mir ihren Körper an: Er war sehr dünn, muskulös, übersät mit blauen Flecken und Insektenstichen, und an vielen Stellen konnte man die Adern sehen. Jeden Tag saß ich auf dem Hometrainer, damit ich auch solche Muskeln bekäme wie sie.

»Neue Steigeisen und einen Daunenanzug von *Mountain Equipment*«, sagte Mama zu Arne, »ein Dreimannzelt von *Wild East,* Eisschrauben und 1000 Meter Seil. Mein Eispickel muß nur geschärft werden, aber ich brauche noch zwei dazu. Und dreißig Flaschen Sauerstoff.«

»Wo willst du hin, Mama?« fragte ich.

»Moment mal«, sagte Mama zu Arne. Dann hielt sie Sprechmuschel zu und sagte zu mir: »Mit Lopsang auf den Everest.«

Seit den Vorbereitungen für ihre Neuguinea-Expedition, die sie zu den Menschenfressern in die Sümpfe von Irian Jaya geführt hatte, war Mama nicht mehr so voller Reisefieber gewesen. Zwei Tage lang saß sie über Landkarten gebeugt am Küchentisch und legte Routen fest. Während ich kochte und abwusch, arbeitete sie einen Akklimatisationsplan aus. Sie blätterte und kritzelte in ihrem Kalender herum und versuchte zu berechnen, wie sie ihren Körper am besten den Bedingungen in achttausendachthundertachtundvierzig Metern Höhe über dem Meeresspiegel anpassen könnte. Zwischendurch telefonierte sie immer wieder mit Kathmandu. Die restliche Zeit verbrachte Mama auf dem Hometrainer, oder sie joggte im Park. Morgens nahm sie mich mit ins Hallenbad.

Sie hatte Papa noch immer nicht guten Tag gesagt. Wenn er nach ihr schrie, ging ich zu ihm und gab ihm Johanniskrauttropfen. Wenn er dann immer noch schrie, gab ich ihm Diazepam.

Eines Nachts wachte ich auf, weil mir einfiel, daß Papa seine Einschlafmilch nicht bekommen hatte. Vielleicht weckte mich aber auch das kratzende, schabende Geräusch, das aus der Küche kam. Von Zeit zu Zeit gab es ein Quietschen, wie von einem Messer, das auf einem Teller abrutscht. Ich lief über den dunklen Flur. Hinter Papas Tür brannte noch Licht. Wahrscheinlich konnte er nicht einschlafen ohne seine Milch. In der Küche sah ich Mama sitzen und ihren Eispickel schleifen, sie saß da, in voller Goretex-Montur, drehte mit einer Hand den Schleifstein und hielt mit der anderen die Spitze des Pickels dagegen. Es kratzte und schabte, und Funken sprühten. An ihrem Stuhl lehnte der fertiggepackte Rucksack mit dem baumelnden Kochgeschirr daran. Als Mama mich sah, hörte sie auf zu schleifen.

»Was machst du denn hier?« fragte sie, »warum bist du nicht im Bett?«

»Ich hole nur Papas Milch.«

Der Schleifstein drehte sich weiter. »Arne holt mich in einer Viertelstunde ab und bringt mich zum Flughafen«, sagte Mama.

»Gut«, sagte ich. Dann lief ich zurück in mein Zimmer. Ich holte meinen Rucksack unter dem Bett hervor, riß den Schrank auf, stopfte Pullover, Hosen, Unterwäsche, den Skioverall und meine Schneebrille in den Rucksack. Ich zog das Nachthemd aus und einen Trainingsanzug an, darüber die Daunenjacke. Mit dem Rucksack auf dem Rücken lief ich über den Flur. Hinter Papas Tür hörte ich es schnaufen.

»Liebes«, rief Papa, »bist du's? Hast du meine Milch vergessen?«

Ich rannte in die Küche, holte die Milchtüte aus dem Kühlschrank, ein Glas aus der Anrichte und goß so hastig ein, daß etwas auf den Boden kleckerte. Als ich die Tabletten aus der Packung in die Milch drückte, vergaß ich mitzuzählen. Mama sah mir zu.

Mit dem Glas in der Hand lief ich ins Schlafzimmer. »Hier ist deine Milch, Papa«, sagte ich. Papa hing schief in den Kissen, und sein Schlafanzug war falsch zugeknöpft. Es sah unbequem aus.

»Wo willst du hin mit dem Rucksack?« fragte Papa, und das hatte mich noch niemand gefragt.

»Meinen ersten Achttausender besteigen«, sagte ich.

Als wir im *Trekking Guides*-Jeep saßen und die Straße hinunterfuhren, schaute ich noch einmal zurück. Ich hatte das Licht in der Küche nicht ausgeschaltet. Und gerade, als ich zurückschaute, schob sich ein Schatten vor das erleuchtete Küchenfenster. Der Schatten füllte das Fensterviereck ganz aus. Es war ein sehr großer, sehr breiter, ein riesiger Schatten. Es war wie eine totale Sonnenfinsternis. Papa war aufgestanden.

Maxie Wander

Das Haus, in dem ich wohne

Rosi

Irgendwo hab ich gelesen von einem, der auf der Suche ist nach einem unverbildeten Menschen und einer unzerstörten Landschaft. Das traf bei mir ins Mark. Jetzt hängt es über meinem Bett, damit ich es nicht vergesse. Ich hab immer irgendwas dort hängen, was mich sehr angeht. Schon als Kind habe ich das getan. Ich habe sogar Seiten aus Büchern herausgerissen. Diesen unverbildeten Menschen hab ich vorläufig in meiner Tochter, und ich will alles tun, um zu verhindern, daß sie verbogen wird. Meine Eltern haben es mit mir genauso gemacht, sie sind klug und unverdorben, ihnen habe ich alles zu verdanken. Später habe ich mich immer gewehrt, etwas aufzunehmen, was mir nicht entsprach. Ich weiß nicht, ob du das verstehst. Das Strammstehen in der Schule, diese äußerliche, sinnlose Disziplin, Fahnenappell, Augen links, Augen rechts. Was hat das mit Sozialismus zu tun? Das widerstrebt mir total. Ich kam mir wie vergewaltigt vor. Du weißt, daß es Eltern gibt, die in bester Absicht ihren Kindern raten, alles mitzumachen, um nicht unangenehm aufzufallen. Das ist unverantwortlich. Meine Eltern sagten immer: Du darfst nichts tun und nichts sagen, was du nicht ehrlich meinst. Sie haben mich gegen die Heuchelei erzogen. Meine Schwierigkeiten bewegten sich in den Grenzen des Zumutbaren, da mein Vater ein alter Kommunist war, über jede Verdächtigung erhaben. Insofern hab ich es leichter gehabt als andere, die brauchten mehr Zivilcourage. Dabei war ich keine Leuchte. Ich begriff alles, wenn ich zuhörte, doch ich merkte mir nichts. Ich war nur scharf auf Abenteuer. Ich bin das einzige Kind, aber meine Eltern haben mir nie Puppen aufgezwungen und haben mich nie von den anderen Kindern abgekapselt. Auf unserem Gang allein wohnten zehn Kinder, da standen uns praktisch alle Türen offen. Wenn meine Mutter Steine klopfen war, bin ich eben in irgendeine andere Wohnung gegangen, wo gerade eine Mutter zu Hause war oder eine Großmutter. Mit fünf Jahren schickten mich meine Eltern schon zu den Großeltern. Da konnte ich noch nicht allein die Waggontreppen hinaufsteigen. Je mehr Freiheiten man gehabt hat, desto lieber kommt man wieder nach Hause zurück. Mein Vater ist inzwischen gestorben.

Töchter neigen dann dazu, ihre Väter in den Himmel zu heben. Meine Mutter ist zusammengebrochen, mein Vater war für sie der wichtigste Mensch auf der Welt. Ich war nie eifersüchtig, denn mein Vater hatte Platz für viele, sein Herz war weit, sagt meine Mutter, sie hat ihn schon im Blut.

Ich glaube, ich habe meinen Mann auch schon im Blut. Wir sind seit zehn Jahren zusammen, und ich kann mir einen anderen Mann nicht denken. Robert ist ein Stiller, einer, den man nicht hört. Er spricht leise, und er macht auch sonst keinen Lärm. Wenn er Holz sägt, im Hof ist ein Schuppen, dort hat er seine Werkstatt, wenn er Holz sägt, ist es das angenehmste Geräusch. Er geht leise, man hört ihn oft nicht hereinkommen. Manche Menschen behaupten, ich spiele ihn an die Wand. Doch die kennen uns schlecht. Robert hat nur einen Fehler, er kümmert sich nicht um unsere Tochter, er liebt mich mehr als sie. Am liebsten ist er mit mir allein. Auch wenn wir in Gesellschaft sind, ist er mehr mit mir beschäftigt als mit anderen Menschen. Ich denke nicht darüber nach, ob mir das angenehm ist oder nicht, es ist eben so. Es kommt vor, daß er mir begeistert von irgendeinem Mann erzählt, was das für ein Kerl ist. Dann muß ich diesen hervorragenden Mann auch kennenlernen. Und es ist seltsam: Diese Männer gefallen mir nie. Robert ist immer gespannt, wie ich reagiere, und dann ist er verwundert oder enttäuscht, wenn er merkt, daß ich andere Maße habe als er. Irgendwie erleichtert es ihn auch, als wollte er mich nur auf die Probe stellen. Diese ständige Vergleicherei beschäftigt ihn enorm, da er im Grunde mit sich unzufrieden ist. Er hat in seinem Kopf irgendein Männlichkeitsideal, meistens sind das enorm athletische Körper, mit Gesichtern wie Wildwesthelden. Für mich total reizlos — diese zupackenden, undifferenzierten Mannsbilder. Es ist aber auch noch was anderes. Robert hat eine kleine homosexuelle Ader. Daß er gerade auf mich verfallen ist, ist kein Zufall, er sieht an meiner Mutter, wie knabenhaft die Frauen in unserer Familie bleiben. Das kann auch ein Grund sein, warum er unserer Tochter gegenüber so zurückhaltend ist. Sabine ist eine Wilde, so wie ich als Kind war. Das bringt Robert durcheinander. Es kommt vor, daß er sie anschaut. Wenn sie schläft und ihm nicht entwischen kann, als wolle er sie im Schlaf ergründen. Er spricht nie darüber, er ist enorm verschlossen, wie viele Männer. Er kann sich schlecht mitteilen, er überlegt sich tagelang, was er einem Menschen sagen will. Ich habe oft beobachtet, daß Frauen viel spontaner sind als Männer und viel direkter.

Ich gehöre nicht zu den Frauen, die sich einbilden, nur mit einem Mann glücklich sein zu können. Ich treffe ständig Männer, die mir gefallen und denen ich gefalle. Wenn tatsächlich nur zwei Menschen füreinander in Betracht kämen, unter den ... zig Millionen auf der Welt, wie fänden diese beiden zueinander? Nein, man hat einfach seine Wahl zu treffen, und dann wird er eben der Einmalige sein, der einen glücklich macht. Aber glaube nicht, daß du von mir was enorm Spannendes für dein Buch erfährst. Ich neige nicht zu leidenschaftlichen Ausbrüchen, ich bin neugierig, ich bin unruhig, ich bin wie ein Kind, sagt mein Mann. Und ich habe wenig Hemmungen, sage ich. Konkret, ja? Konkret gehe ich gelegentlich mit einem Mann ins Bett oder auf die grüne Wiese. Seltsam, daß ich dir das eingestehe. Es ist seltsam, da ein Mann so etwas ohne weiteres eingesteht, es würde sogar sein Prestige aufpolieren. Poliert dieses Geständnis mein Prestige auf? Nein. Ich verberge diesen Teil meines Lebens vor anderen Menschen, da ich weiß, wie sie über Frauen wie mich urteilen und wie schlecht mein Mann dabei wegkommt. Die Tugendrichter sind ja weniger die Männer, denen man oft zu Unrecht nachsagt, sie würden sich an unsere Emanzipation nicht gewöhnen. Meistens gehen Frauen auf die Barrikaden, die neidisch sind und ihren Neid hinter moralischer Entrüstung verstecken. Ist ja ein alter Hut.

Aber es ist nicht so daß ich bei Robert zu kurz komme. Robert arbeitet sehr schwer mit seinem Körper. Wenn er abends nach Hause kommt, bin ich meistens schon da. Dann gehen wir zusammen ins Badezimmer, das ist ein großes Zimmer, das wir vor kurzem umfunktioniert haben. Nun ist das eine große Sache für uns, dieses herrliche Bad! Es kommt vor, daß auch Sabine hinein will, und wir lassen sie herein. Und es kommt vor, daß wir Sabine wieder hinausschicken. Mit keinem anderen Mann war ich so frei wie mit Robert. Er hat mir noch nie etwas verweigert. Wir kennen unsere Bedürfnisse. Sexualität hat ja nicht nur mit Liebe zu tun, mit Streicheln und Lächeln, sie hat auch etwas mit Gewalttätigkeit zu tun, mit primitiven Trieben. Und genau das ist es, was die meisten Menschen nicht sehen wollen, es kommt ihnen unmenschlich vor. Was für ein Unsinn! Ich habe nicht zufällig diesen Arbeiter genommen. Ich will keinen Intellektuellen, der mit seinem Körper nichts anfängt. Ich hätte so einen haben können. Der war Chefingenieur. Ging mit einem weißen Mantel herum, mit schmalen weißen Samtpfoten, und nach Feierabend hat er Tennis gespielt und ist mit diesen albernen Standfahrrädern in seiner Wohnung beschäftigt gewesen. Als er scharf auf mich war, hat er zuerst eine halbe Stunde geduscht und sich mit Körperspray eingenebelt. Inzwischen war mir alles vergangen. Und dann sollte ich auch unter die Dusche, vorher! Oh! Über das Laken, halte dich fest, hat er zwei Handtücher gelegt, damit das Laken nichts Schlimmes abbekommt. Ich habe diese heilige Handlung einmal über mich ergehen lassen, aus Neugier. Wie er beim zweitenmal, eine Woche später, die gleiche Zeremonie startete, bin ich abgehauen. Das arme Mannsbild hat jetzt Komplexe, er windet sich, wenn er mich sieht.

Du glaubst, du hast mich jetzt ertappt, ja? Warum trägt sie ihre Sexualität aus dem Haus, wenn's mit ihrem Mann so gut klappt, ja? Weiß ich nicht, weiß ich wirklich nicht. Ich kann dir nicht sagen, warum ich *nicht* mit ihnen schlafen soll. Es ist doch so: Man trifft unentwegt Menschen, in unserem großen Betrieb mit den vielen Beziehungen ist das beinahe unüberschaubar, und man ist doch nicht blind und taub. Ich habe gerne direkten Kontakt zu Menschen, die ich mag, auch zu Frauen. Frauenhaare und Frauenhaut sind was Phantastisches. Das geht bestimmt vielen Frauen so, sie gestehen es sich nur nicht ein, weil ein Drall zum Lesbischen gleichbedeutend mit seelischem Kranksein ist. Ich sehe also gerne Frauen, die große Brüste haben, sie müssen nicht einmal schön sein. Man geht mit so vielen Menschen in die Kantine, ins Kino oder spazieren, am Fluß entlang, sitzt in Versammlungen zusammen, lacht, streitet ... Hundert Beschäftigungen, die man mit anderen tun kann, wenn man sich sympathisch findet. Gibt es einen einleuchtenden Grund, warum man ausgerechnet den Sex ausklammern soll? Weil unsere Großmütter das tun mußten? Ja? Alles, was natürlich ist, ist gut für mich.

Oh, das Bedürfnis nach Treue, das hab ich auch. Ich werde mit keinem andern Mann leben und keinem andern Mann mein Innerstes anvertrauen. Das weiß ich genau, viel genauer als manche Frauen, die sich einreden, mit keinem andern Mann pennen zu können. Sicherlich gibt es viele Gründe, warum Frauen sich das einreden. Sie sind so erzogen worden. Dann mag es wirklich Frauen geben, die können nur mit einem, wunderbar. Und die andern, die wollen vielleicht, daß ihnen ihr Mann Gleiches mit Gleichem vergilt und auch bei der Stange bleibt. Und manche Frauen sind einfach feige, nicht bereit zum Risiko. Es sind ja immer diese Abenteurertypen unter den Frauen, die ausprobieren wollen, was bisher den Männern vorbehalten geblieben ist. Na schön, und nun erleben wir eben die gleiche Ernüchterung wie die Männer. Mit manchen ist die Liebe genauso öde, wie wenn man mit ihnen heiße Würstchen am Stand ißt. Unerfahrene Frauen machen ein Drama daraus, wenn die wüßten ...

Etwas fällt mir ein, das wirst du sonderbar finden. Wir schlucken jetzt alle diese grüne Pille zum Frühstück, die uns die Freiheit gebracht hat, ja? Ich weiß genau, ich gehe kein Risiko mehr ein, wenn ich mit einem Mann schlafe. Weißt du was? Wenn ich einen Mann liebe, dann will ich dieses Risiko eingehen! Weil der ganze Sex sonst auf die Dauer öde wird. Da wird eben was Wichtiges ausgeklammert, eine große Erschütterung. Man wird flach ohne dieses Risiko. Sex ist für mich ja nicht nur ein Spaß, sondern gelegentlich etwas Totales. Im Sex drücke ich meine ganze Persönlichkeit aus, viel direkter als sonstwo, ja? Ich bin keine Sexmaschine, ich bin eine Frau. Und es geht wunderbar, sobald ein Mann das begriffen hat. Enthemmung ist hervorragend, doch es bleibt eine Leere, die schlimm sein kann, wenn das alles überhaupt nichts mehr mit Verantwortung zu tun hat.

Eine gesunde Sexualität muß dem Menschen anerzogen werden. Wer denkt darüber denn nach? Ich bin der Auffassung, daß man alles lernen kann, die Liebe wie den Sex. Kleine Kinder haben schon ihren Sex, und den müssen wir erziehen wie alles andere auch.

Als Sabine fünf war, lebte eine Weile ihr kleiner Freund bei uns, dem war die Mutter sehr krank geworden. Die lagen zusammen im Bottich, ich sehe noch ihre seligen Gesichter. Der kleine Mann hatte einen Ständer und machte mich darauf aufmerksam, daß er jetzt alles mögliche darauf hängen könnte. Heute ist die Sabine acht, dritte Klasse, da bekommt sie von ihrem Banknachbarn einen Brief, in dem wird angefragt, ob sie mit ihm ficken will. Sie fragt mich, was das heißt, ich erkläre es ihr, sie kannte den Vorgang, nicht das Wort, das wir nicht verwenden, damit hat sich die Angelegenheit. Würde die Lehrerin oder die Mutter von Christian auch so reagieren, was glaubst du? Welche Erfahrungen machen die Kinder mit uns Erwachsenen, und auf welche Weise werden Tabus erzeugt? Jetzt beenden wir das schöne Thema, ja? Mein ganzes Geheimnis ist eben, daß ich herausgefunden habe, was ich zum Leben brauche. Ich brauche das Hinausgehen ebenso wie die Geborgenheit zu Hause. Und weil beides gut funktioniert, geht es mir gut. Das ist alles. Wie mein Mann sich dabei fühlt? Ach je, der Stärkere wird immer den Schwächeren beeinflussen oder der Aktive den Passiven. Wenn das mit Takt geschieht, wüßte ich nichts dagegen einzuwenden. Ein Beispiel: Mein Mann ist ein enorm sinnlicher Typ, wie die meisten gesunden Männer, aber Feingefühl für die Frau hat er nie gehabt. Das habe ich ihm anerziehen müssen.

Ach, ist ja grausam, was ich da von mir gebe! Gewisse Dinge entwickeln sich eben ... Was heißt Überlegenheit? Ich führe ja nicht gerade ein feines Leben durch meine sogenannte Überlegenheit. Ich bade doch alles alleine aus, Elternbeirat, Gewerkschaft, betreue die Alten im Haus, erledige die Wege zu den Ämtern. Es ist nicht die Arbeit, die einen schafft, es ist die Verantwortung, die man alleine tragen muß. Ich gehöre nicht zu den Frauen, die ihr Leben lang gegen Windmühlen reiten. Ich habe früh begriffen, wie ich mit Robert zurechtkomme, was ich ändern kann und was nicht. Es muß doch auch eine Arbeitsteilung geben. Dieses Badezimmer, das wir jetzt genießen, ist Roberts Werk. Warum soll ich das nicht würdigen! – Ach, wir haben schon Streit. Es geht nicht immer friedlich zu. Robert sagt, ich explodiere wie eine Handgranate. Aber der Zündstoff ist schnell verbrannt und richtet kein Unheil an. Danach hat sich nicht wesentlich was geändert. Die Stillen wie mein Robert, die setzen sich mit Schweigen durch, so ist das. Wenn ich ehrlich sein soll, muß ich gestehen, daß ich gelegentlich enorm mutlos bin. Es gibt vieles, was ich verändern will, was ich nicht so hinnehmen kann. Aber ich *kann* es nicht ändern, nicht mit Robert, der so konservativ ist. Wenn man Dinge, die für einen wichtig sind, absolut nicht verändern kann, wird man müde. Das kennst du doch, das ist im Kleinen so wie im Großen. Die Menschen hauen auf die Pauke, aber dann geht ihnen die Puste aus. Das ist eine normale Abnutzung, über die man sich nicht wundern darf. Was ich in unserem Betrieb tagtäglich erlebe, das läßt mich vor Ehrfurcht staunen, was Menschen zustande bringen, über wieviel Reserven sie verfügen. Aber es stimmt mich traurig, es macht mir Angst, wenn ich sehe, welch Schindluder damit getrieben wird. Die Menschen wollen im Grunde gute Arbeit leisten. Nun sieht die Wirklichkeit in unseren Betrieben gelegentlich anders aus. Wie kommt diese Resignation, auf der nichts Gutes mehr gedeiht?

Trotzdem, ich bin ein optimistischer Mensch, ich glaube daran, daß man durch größere Offenheit vieles reparieren könnte. Man muß über Fehler sprechen! Man kann nicht eine Sache falsch machen und immer weiter falsch machen, egal aus welchen Gründen, und den Arbeitern einreden wollen, es hätte alles seine Richtigkeit, sie wären nur nicht imstande, die Zusammenhänge zu überschauen. Wenn einer die Zusammenhänge nicht sehen darf, kann er auch nicht verantwortlich gemacht werden, dann kann er auch keine anständige Arbeit leisten. Ich halte dieses Fachidiotentum, auf das wir zusteuern, für enorm gefährlich. Es liegt nicht in der menschlichen Natur, es schließt Verantwortung aus. Das begreift ein Kind. Unsere leitenden Kader aber sind so in dem Dreh drin, die haben die Kraft nicht, irgendwelche Konsequenzen zu ziehen oder ein Risiko einzugehen. Wenn es nicht wenigstens eine Handvoll richtiger Menschen gäbe, wie zum Beispiel unseren Gewerkschaftsvorsitzenden, ich sage dir, ich wäre schon Friedhofsgärtner geworden. Oder ich hätte mir einen Haufen Kinder angeschafft und mich in meiner Datsche verkrochen. Sieht diese Entwicklung denn keiner? Oder zieht man die falschen Schlußfolgerungen? Sitzen die falschen Leute in den Schlüsselstellungen? Das muß man sich doch fragen. Das Schlimme ist, daß man sich das nicht mehr fragt. Man bleibt in den Gesprächen hübsch an der Oberfläche, man dringt nicht zu ihrem Wesen vor. Ich habe ein kleines, ganz kleines bißchen Philosophie gelernt, in meiner Abendschule, und unsere Direktoren haben enorme Parteischulen hinter sich. Was haben die ihnen genützt? Einerseits sind wir unentwegt mit Schulungen und Versammlungen gesegnet, die man heimlich verflucht, weil da immer das gleiche passiert. Leute hören sich gerne reden und haben nichts Neues zu sagen, nur Phrasen, die ihnen aus dem Maul sprudeln, während das Hirn schlummert, ja? Andererseits erleben wir täglich schlimme Dinge, die einem Angst machen müßten, die aber so gut wie keiner beachtet. Da kommt auf einmal etwas hoch, was man für bewältigt gehalten hat, diese Gedankenlosigkeit, diese Voreingenommenheit und Dummheit! Wir haben ja keine Vergangenheit zu bewältigen, nicht? Wir haben ja mit der Gründung unseres Staates automatisch den Faschismus ausgerottet und die ganze deutsche Misere. Ich habe diesen hervorragenden amerikanischen Film *Das Urteil von Nürnberg* noch einmal gesehen, von Stan Kramer, der ging mir derartig unter die Haut, weil ich viele Verhaltensweisen wiedererkenne. Keiner hat mit der ganzen Sache irgend etwas zu tun gehabt, keiner hat etwas gewußt, nicht? Keiner konnte für etwas verantwortlich gemacht werden. Gestern in der Kantine. Einer ruft irgendwas wie: Du, die und die fährt nach Ravensbrück. – Oh, schreit eine Frau vergnügt, dort gehört sie auch hin! Niemand hat sich dabei was Schlimmes gedacht. Niemand hat was dazu gesagt, ich auch nicht. Ich friere ein, wenn ich so was höre. Ich denke an meinen Vater, und ich sage mir: Ihn hat es betroffen, und mich betrifft es auch noch ein wenig, ja? Dann wird auch unsere Generation aussterben. Und wer wird sich dann erinnern? Wer? Fängt die Menschheit dann mit ihren Fehlern wieder von vorne an?

Über das alles kann ich mit Robert sprechen, er reagiert gefühlsmäßig, aus Sympathie zu meinem Vater. Aber es beunruhigt ihn nicht, er findet mich ein bißchen überdreht. Für ihn ist unsere Gesellschaft ganz in Ordnung, weil alle zu essen haben, weil wir persönlich weiterkommen, uns mit Sachen eindecken, Auto, Badezimmer, Kühlschrank, Datsche, Waschautomaten, die unsere Gewässer ruinieren und Wasser vergeuden. Roberts Vater ist im letzten Kriegsjahr gefallen, da war Robert drei. Seine Mutter hat sofort einen anderen geheiratet, um ihre vier Kinder zu versorgen, der war ein kleiner Mitläufer, der alles verdrängt hat. Sie haben sich also zu Hause nie mit solchen Problemen herumgeschlagen. Die hat Robert erst kennengelernt, als er zu meinen Eltern gekommen ist. Wir haben zwei Jahre bei ihnen gewohnt, und Robert liebt meine Eltern. Zu seiner eigenen Mutter geht er nur, wenn sie Geburtstag hat. Dann ziehen sie eine Familienshow ab, mit Kindern und Kindeskindern, und ich mache auch mit, aus Solidarität zu Robert, der enorm darunter zu leiden hat, wie beschränkt doch seine Familie ist.

Hier ist so ein Spruch von meinem Nachttisch. »Ich habe etwas gegen das Enthüllungsspiel. Man kann der Zwiebel alle Häute abziehen, und dann bleibt nichts. Ich werde dir sagen: Man beginnt zu sehen, wenn man aufhört, den Betrachter zu spielen, und sich das, was man braucht, erfindet: diesen Baum, diese Welle, diesen Strand ...« Ich erfinde mir auch, was ich brauche. Ich sehe in Menschen was hinein, was möglicherweise nicht da ist. Das macht man, wenn man liebt. Meinen Mann sehe ich gelegentlich so schön, daß mir ein anderer sagen könnte: Du bist blind, der ist nicht so. Wer sagt dir, daß er nicht so sein könnte? Mit der Wahrheit und mit der Gerechtigkeit ist das so ein Ding. Denn jeder Mensch hat seine eigene Wahrheit, sein eigenes Lebensgesetz, dem er folgen muß. Das kannst du bei allen möglichen klugen Leuten nachlesen, ich weiß, aber ich sage es dir mit meinen Worten, und darauf bin ich stolz. Mit der Wahrheit kommt man nicht weit, wenn man wie ein Richter von außen die Menschen beurteilt. Diese Selbstgerechten, weißt du, die nie zweifeln; schon gar nicht an sich selber, die sind die Pest in den menschlichen Beziehungen.

Da habe ich mir noch etwas herausgeschrieben. »Sehen, das ist doch nicht zu den Akten nehmen. Man muß doch bereit sein zum Widerruf. Du gehst weg und kommst zurück, und etwas hat sich verwandelt. Laß mich in Ruhe mit den Protokollen, die Form muß schwanken, alles muß schwanken, so brav ist das Licht nicht ...«

Das ist richtig, das spüre ich in meinen Eingeweiden. Und so halten wir es auch in der Ehe. Jeder von uns hat das Recht wegzugehen und als ein anderer wiederzukommen. Meinem Mann muß es manchmal geschaudert haben, wenn ich zurückgekommen bin, von einer Dienstreise oder von einem Abend, zu dem ich mich allein auf die Socken gemacht habe. Doch er hat mich nie heruntergemacht oder ausgehorcht wie einen Dieb. Robert hat die Zeit darübergehen lassen und gewartet, bis ich wieder bei ihm angekommen bin. Wir haben uns nie damit aufgehalten, uns gegenseitig bei Widersprüchen zu ertappen: Du hast aber gestern das und das gesagt, was stimmt denn nun? Man kann sich etwas nicht zusammenreimen, und sofort kriegt der andere seinen Stempel: undurchsichtig, unsauber, verlogen, verrückt, unmoralisch – kleinbürgerlich! Und dabei bleibt es.

Unser familiäres Klima, das wiegt alles andere auf. Ich könnte es ja auch so wie gewisse Frauenrechtlerinnen machen, die wie die Wilden schießen, weil man es ihnen erlaubt hat, die über ihre Männer schimpfen, weil sie ihnen den Abwasch nicht abnehmen oder die Scheißwindeln von den Kindern. Sie rennen Amok, die kommen nie zu einer Verständigung mit ihrem Mann. Man muß lernen, die kleinen Veränderungen beim andern wahrzunehmen, und sich vor allem selber ändern. Ohne Liebe bleiben diese ganzen Emanzipationsversuche ein Krampf. Was nützt es den Frauen, wenn sie sich *gegen* ihren Partner emanzipieren? Ich sehe eine Menge Zerstörerisches. Alles, was hemmt, sich einem in den Weg stellt, Leiden verursacht, das eigene Glück beschneidet, wird bekämpft. Ich glaube, man kann nur von Kompromiß zu Kompromiß gehen. Wenn man aus einer Bindung aussteigt, muß man bei einer neuen wieder von vorne beginnen, denn man läuft ja nicht vor sich selber davon. Die Schwierigkeiten, die man hat, überträgt man auf den anderen. Ist man selber ungeduldig, lieblos oder gemein, bezichtigt man natürlich den Partner, ungeduldig, lieblos oder gemein zu sein. Ist auch ein alter Hut. Eine kluge Frau hat gesagt, daß wir uns auf die alten humanistischen Ideale besinnen sollten. Nachgeben, Gütigsein, Dienen sind in schlechten Ruf gekommen im Zeitalter der Emanzipation. Man müßte aufpassen und unbeirrbar tun, was man für richtig erkannt hat.

Ich bin Sekretärin, schön und gut, aber ich bin auch ich, ich bin Rosa, Tochter von A. R. Daß in mir noch eine Menge drin ist, das ich nicht ausschöpfen kann, das spüre ich, und das macht mir Mut zum Weitermachen. Die Sekretärin ist purer Zufall, es gibt Schöneres, als Handlanger für ehrgeizige Männer zu sein. Aber ich habe keinen Ehrgeiz, ich kann gut zurückstecken. Ich kann mir nicht vorstellen, was sich groß ändern würde, wenn ich Kranführerin wäre oder Geflügelzüchterin oder Dichterin. Ich finde es beschämend, was manche jungen Menschen an Weltschmerz verdampfen, nur weil sie ihren Traumberuf nicht kriegen oder weil ihnen einer Schwierigkeiten macht. Damit rechtfertigen sie ihre Unfähigkeit, mit irgendwas selbständig fertig zu werden. Unsre Schulen sind da nicht schuldlos. Jetzt haben sie mir einen Chef vor die Nase gesetzt, nachdem der gute Alte an Hirnschlag gestorben ist, der ist unfähig zur kleinsten Entscheidung. Ich habe ein selbständiges Arbeitsgebiet, und wenn ich es gut mache, verliert er kein Wort, dafür werde ich bezahlt. Aber wenn ich einen kleinen Ausrutscher mache, dann wird Gericht gehalten, vor versammelter Mannschaft, allein ist er zu feige. Er hat es mit der Gerechtigkeit, das macht mich verrückt. Was er da macht, ist zwar eine Gemeinheit, aber gerecht, eine Gedankenlosigkeit, aber gerecht, grausam, aber gerecht. Ein Theoretiker frisch von der Hochschule, voller Rosinen. Mich nimmt er nicht ernst, weil ich so blöde praktisch bin und mich auf Erfahrungen verlasse. Männer haben eben einen weitreichenden Verstand, und Frauen sind für die praktischen Dinge zuständig. Das ist vielleicht ein Affe! Papiere, Mitteilungen, Verordnungen, Protokolle, Berichte, Bestätigungen, Erlasse, alles schriftlich, obwohl es auch ein Telefon gibt. Auf das Telefon ist aber kein Verlaß. Ich habe eine Nase entwickelt für das, was man wegwerfen kann, ohne daß ein Hahn danach kräht. Mein Chef toleriert das schweigend, weil die Vorteile auch für ihn auf der Hand liegen, wenn aber solch ein Schriftstück doch noch einmal gebraucht wird, kriegt er glasige Augen und teilt mir schriftlich mit, was er davon hält. Der scheut jede Konsequenz. Konsequent sein, das war doch eine der stolzesten männlichen Eigenschaften. Mütter sind weich und nachgiebig und ein wenig dumm; Väter sind hart, konsequent und klug, nicht?

Da habe ich gerade durchs Fernsehen vernommen, welche Eigenschaften für uns Frauen typisch sein sollen, das haben westliche Wissenschaftler entdeckt: Passivität, Abhängigkeit, Konformismus, Ängstlichkeit, Nervosität, Narzißmus, Gehorsam. Ich bin also ein Mann, dem nur das Stückchen Schwanz fehlt. Oder ich lebe in einer anderen Welt, in der man sich schon andere Charaktereigenschaften zulegen darf. Und den Herren der Schöpfung wurde folgendes zugebilligt: Aggressivität, Gefühl für soziale Rangordnung, größere Risikobereitschaft. Erhöht sich allerdings die Aggressivität der Männer, sinkt ihre Intelligenz. Das kann ich bescheinigen. Bei den Frauen liegts andersherum. Höhere Aggressivität ist mit höherer Intelligenz gekoppelt. Soll eine Angelegenheit der Hormone sein. – Wo sind wir stehengeblieben? Ach ja, unser sozialistischer Konformismus. Wie soll eine Gesellschaft weiterkommen, die nicht mehr in Frage stellt, nicht mehr verändern will, Risiken scheut? Da hätten wir doch den lieben Gott und die Dogmen unserer Großeltern übernehmen können. Zweifeln, Forschen, Fragen, das sind alles Dinge, die uns abhanden gekommen sind.

Schon mit den einfachsten menschlichen Beziehungen hapert es. Wenn einer Kummer hat, wenn es bei einem ans Sterben geht, wenn einer Krebs hat oder wenn er Pole ist – ich weiß, was ich sage –, wenn einer irgendwie aus der Norm heraustanzt, da versagen wir. In unserem Hof ist ein Kind ertrunken, beim Spielen in die Regentonne gefallen. Die Leute haben einen Riesenbogen um die armen Eltern gemacht, sie haben sich gewunden, in eine andere Richtung geguckt oder Dummheiten geredet. Es war bestimmt nur Hilflosigkeit, aber woher kommt denn die, woher kommt dieses feige Verhalten, wieso sind wir so schlecht aufs Leben vorbereitet, was lernen wir eigentlich in den Schulen? Das sind doch Fragen, nicht? Und denkst du, bei gebildeten Leuten ist das anders? Wir haben hier ein paar Intellektuelle wohnen, die sind mit Scheuklappen auf die Welt gekommen. Ich könnte dir sagen, geh zu Frau Sch., die führt ein interessantes Leben, die soll auch mal auspacken. Aber das wird sie nicht tun, das kann sie gar nicht, weil sie ihre Lage überhaupt nicht begreift. Die leidet stumm wie ein Fisch und verbittet sich jede Annäherung. Stolz und mißtrauisch, die braven alten Bürger! Man geht natürlich zu den Parteiversammlungen und läßt keine falsche Diskussion aufkommen, so wie ihre Eltern früher in die Kirche gegangen sind und keine Fragen über Gott zuließen. Wenn du ein bißchen an der roten Farbe kratzt, kommt der ganze alte Mist hervor, eine Tapete nach der andern, zurück bis zu Kaisers Zeiten.

Ich habe andere Häuser kennengelernt. Meine Mutter wohnt noch heute in dem Haus, wo ich aufgewachsen bin. Dort hat man mir von klein auf beigebracht, wie Menschen einander beistehen können, nicht nur mit Salz und Mehl. Im Krieg haben die Frauen den Luftschutzwart entlassen, weil er sie bespitzelt hat, und nichts ist ihnen geschehen, weil es so viele waren. Wir Kinder haben während der Bombenzeit in den Kellern gelebt. Das wäre überhaupt nicht möglich gewesen, ohne daß wir schweren Schaden genommen hätten, wenn dieser hervorragende Zusammenhalt unter den Frauen und den alten Männern nicht gewesen wäre. Heute noch finde ich es wunderbar, wenn ich in dieses Haus gehe, wenn die alten Frauen ihren Kopf aus dem Fenster stecken und über den Hof rufen: Die Rosi ist wieder da. Darf man denn noch du zu dir sagen, Rosi?

Gabriele Wohmann

Die Entführung

Und doch, kurz bevor sie wegging, machte sie sich diesen bekannten und vielleicht nicht sinnvollen Vorwurf, denn schließlich, daran war nicht zu rütteln: sie ließ ihn allein. Sie war es, die ihn allein ließ, was die andern auch sagten. Sie warf aber auch ihm vor, noch weniger sinnvoll, daß er sie um die ungemischte Vorfreude brachte. Dann wieder freute sie sich auf die Hinfahrt, heute bei Schnee. Sie sähe gern aus den Autofenstern in die verwandelte, aufgebesserte, überall gekrönte Landschaft. Schon wieder rief sie ihm »Mach's gut« zu, jetzt beim Treppensteigen, das ihr leicht fiel wie immer, wenn sie etwas vorhatte; alle Souterrainfenster waren geschlossen, die Rolläden obengelassen gegen viel vernünftige Gegenrede, gewiß, aber zur Verteidigung ihres nicht so ganz gründlich abgesicherten Hauses fiel ihr jederzeit ein, daß sie einfach Lust hatte, einen Willen zu haben. Zu viel Gehorsam machte sie klein und alt und schutzbedürftig. Sie hielt ihr Leben gern von Einflüssen frei, denn wie eine Art Haube, wie Dunst, der schwach machte, legten sich die Ratschläge ihrer Angehörigen über sie. Das bekam ihrer Gesundheit nicht.

Er war der einzige in ihrem gegenwärtigen Umkreis, von dem nichts Fürsorgliches ausging. Guter alter Krakeeler, dachte sie, war froh über ihr gestriges Opfer, denn trotz des Schneefalls hatte sie sich aufgerafft, bloß um ihm seine Lieblingsspezialität zu besorgen, reiner Luxus, aber sie könnte umso leichteren Herzens nachher durch die Gegend fahren, neben dem Taxiunternehmer, bei ihrer Freundin den Nachmittagstee trinken, und sie freute sich jetzt richtig. Die Rosinenschnecken! Eine phantastische Errungenschaft, man machte Funde, mußte nur aufpassen, Angebote prüfen, durfte nicht nachlassen, in jedem Tagesaugenblick Sinn zu erblicken. Puh, ich seh ja wie eine alte Frau aus, hatte sie neulich innerlich gestöhnt, als sie sich, bei schlechter Laune und in einem Spiegel, ertappt hatte. Ihr war erst später aufgefallen, daß sie ja eine alte Frau war, aber da, weil sie lachen mußte, hatte sie schon nicht mehr diesen Eindruck von sich als alter Frau gehabt.

Überhaupt sonderbar, daß sie, in welcher Gruppierung auch immer, sich selber unweigerlich als die Jüngere fühlte. Sogar jetzt mit dem Taxiunternehmer, der ihr Sohn sein könnte; aber sie fühlte sich mädchenhaft neben ihm und seinem Wanst und seiner Geschicklichkeit und Weltroutine auf den umliegenden Bundesstraßen. Bei ihrer Freundin entfiel diese Empfindung ganz: sie waren gemeinsam Kinder gewesen.

Ich hab ihm gestern wenigstens noch seine Krokies besorgt, erzählte sie.

Sie fand es nicht besonders klug von ihrer Freundin, daß sie sich, um mehr Spaß an der Teemahlzeit zu haben, ihre linken Oberzähne auszog.

Du verwöhnst ihn, sagte die Freundin.

In Kaffee getaucht wären die Schnecken besser, sagte nun sie, die von sich wußte, es wäre klüger, viel weniger von ihm zu reden. Warum gab es zum vollen Anvertrauen im Grunde keinen?

Und dann freute sie sich doch ohne Einschränkung auf die Oper. Vielleicht, weil ihm dadurch nichts entging. Er machte sich wirklich nichts aus Musik. Nicht einmal Musik von Mozart wäre gewinnbringend in seiner Existenz unterzubringen. Wie lang war das her, in ihrer Biographie, das Erlebnis »Entführung aus dem Serail«? Sie würde morgen im Brief an ihre Tochter, im Wochenbericht nach Laramie, Wyoming, davon erzählen. Und zu ihrem Sohn in Ulm beim Sonntagstelephonat sagen: Ach, es war so herrlich, so wunderbar! Natürlich hat es mich auch wehmütig gemacht, ich dachte an meinen eigenen Sopran von früher und wie ich heute oft krächze, wie eine alte Frau, leider – aber man muß dankbar sein.

Eigentlich wußte sie vorher schon alles. Eigentlich brauchte sie gar nicht mehr mitzugehen. Sie könnte ihre Freundin allein gehen lassen. Und zu ihm nach Haus zurückkehren, diesem zeternden Opernignoranten, denn seiner Stimme zu lauschen, das wäre Treue und insofern richtig.

Nun, sie ginge doch hin, aber den Brief nach Laramie könnte sie jetzt schon schreiben.

»Es war wundervoll, liebe Bettina, nur als die Stelle kam HAB EIN LIEBCHEN MIR ERKOREN/DAS ES TREU UND EHRLICH MEINT, da sind mir die Tränen gekommen. Seinetwegen, ja.«

»Sag nicht, er ist doch nur ein Vogel«: diesen Satz strich sie wieder aus. Sollte ihre Tochter ruhig denken, sie hätte den Vater beweint.

Sie wußte es selbst nicht genau, aber für irgendeinen Verlorenen, für einen Verraten-und-Verkauften stand ihr Osmin ja wohl, ihr Lebenskamerad und Untermieter, ihr armer alter Spottdrosselvogel.

Christa Wolf

Kassandra

Der Zusammenbruch kam schnell. Das Ende dieses Krieges war seines Anfangs wert, schmählicher Betrug. Und meine Troer glaubten, was sie sahn, nicht, was sie wußten. Daß die Griechen abziehen würden! Und dieses Monstrum vor der Mauer stehenließen, das alle Priester der Athene, der das Ding geweiht sein sollte, eilfertig »Pferd« zu nennen wagten. Also war das Ding ein »Pferd«. Warum so groß? Wer weiß. Ebenso groß wie die Ehrfurcht der geschlagnen Feinde vor Pallas Athene, die unsre Stadt beschützte.

Holt das Pferd herein.

Das ging zu weit, ich traute meinen Ohren nicht. Zuerst versuchte ich es sachlich: Seht ihr nicht, das Pferd ist viel zu groß für jedes unsrer Tore.

So erweitern wir die Mauer.

Jetzt rächte sich, daß sie mich kaum noch kannten. Der Schauder, der an meinem Namen hing, war schon verblaßt. Die Griechen haben ihn mir wieder angehängt. Die Troer lachten über mein Geschrei. Die ist verrückt. Los, brecht die Mauer auf! Nun holt doch schon das Pferd! Heftiger als jeder andre Trieb war ihr Bestreben, dies Siegeszeichen bei sich aufzustellen. So wie die Leute, die in irrem Taumel den Götzen in die Stadt beförderten, sahen keine Sieger aus. Ich fürchtete das Schlimmste, nicht, weil ich den Plan der Griechen Zug um Zug durchschaute, sondern weil ich den haltlosen Übermut der Troer sah. Ich schrie, bat, beschwor und redete in Zungen. Zum Vater kam ich nicht, der sei unpäßlich.

Jetzt verstand ich, was der Gott verfügte: Du sprichst die Wahrheit, aber niemand wird dir glauben. Hier stand der Niemand, der mir hätte glauben müssen; der das nicht konnte, weil er gar nichts glaubte. Ein Niemand, der nicht glaubensfähig war.

Da habe ich den Gott Apoll verflucht.

Was in der Nacht geschah, die Griechen werden es erzählen, auf ihre Art. Myrine war die erste. Dann Schlag auf Schlag und

Hieb auf Hieb und Stich auf Stich. Blut floß durch unsre Straßen, und der Jammerton, den Troia ausstieß, hat sich in meine Ohren eingegraben, ich habe ihn seitdem bei Tag und Nacht gehört. Nun wird man mich von ihm befrein. Als sie mich aus Angst vor Götterbildern später fragten: ob es denn wahr sei, daß Klein Aias mich an der Athene-Statue vergewaltigt hätte, habe ich geschwiegen. Es war nicht bei der Göttin. Es war im Heldengrab, in dem wir Polyxena zu verstecken suchten, die laut schrie und sang. Wir, ich und Hekabe, stopften ihr den Mund mit Werg. Die Griechen suchten sie, im Namen ihres größten Helden, des Viehs Achill. Und sie haben sie gefunden, weil ihr Freund, der schöne Andron, sie verriet. Gegen seinen Willen, brüllte er, aber was hätte er denn machen sollen, da sie ihn doch mit Tod bedrohten. Laut lachend hat Klein Aias ihn erstochen. Polyxena war auf einmal ganz bei Sinnen. Töte mich, Schwester, bat sie leise. Ach, ich Unglückselige. Den Dolch, den Aineas mir am Ende aufgedrängt, hatte ich hochfahrend weggeworfen. Nicht für mich, für die Schwester hätt ich ihn gebraucht. Als sie sie wegschleiften, war Klein Aias über mir. Und Hekabe, die sie festhielten, stieß Flüche aus, die ich noch nie gehört hatte. Eine Hündin, schrie Klein Aias, als er mit mir fertig war. Die Königin der Troer eine heulende Hündin.

Ja. So war es.

Und jetzt kommt das Licht.

Als ich mit Aineias auf der Mauer stand, zum letztenmal das Licht betrachtend, kam es zwischen uns zum Streit. Daran zu denken, habe ich bis jetzt vermieden. Aineias, der mich nie bedrängte, der mich immer gelten ließ, nichts an mir biegen oder ändern wollte, bestand darauf, daß ich mit ihm ging. Er wollte es mir befehlen. Unsinnig sei es, sich in den Untergang hineinzuwerfen, der nicht aufzuhalten sei. Ich sollte unsre Kinder nehmen – er sagte: unsre Kinder! – und die Stadt verlassen. Ein Trupp von Troern habe sich dazu bereit gefunden, und nicht die schlechtesten. Mit Vorräten versehen und bewaffnet. Und entschlossen, sich durchzuschlagen. Ein neues Troia irgendwo zu gründen. Von vorne anzufangen. Meine Anhänglichkeit in Ehren. Doch nun sei es genug.

Du mißverstehst mich, sagte ich zögernd. Nicht Troias wegen muß ich bleiben, Troia braucht mich nicht. Sondern um unsretwillen. Um deinet- und meinetwillen.

Aineias. Lieber. Du hast mich verstanden, lange eh du's zugabst. Es war ja klar: Allen, die überlebten, würden die neuen Herren ihr Gesetz diktieren. Die Erde war nicht groß genug, ihnen zu entgehen. Du, Aineias, hattest keine Wahl: Ein paar Hundert Leute mußtest du dem Tod entreißen. Du warst ihr Anführer. Bald, sehr bald wirst du ein Held sein müssen.

Ja! hast du gerufen. Und? – An deinen Augen sah ich, du hattest mich begriffen. Einen Helden kann ich nicht lieben. Deine Verwandlung in ein Standbild will ich nicht erleben.

Lieber. Du hast nicht gesagt, das werde dir nicht passieren. Oder: Ich könnte dich davor bewahren. Gegen eine Zeit, die Helden braucht, richten wir nichts aus, das wußtest du so gut wie ich. Du hast den Schlangenring ins Meer geworfen. Du würdest weit, sehr weit gehen müssen, und was vorn ist, würdest du nicht wissen.

Ich bleibe zurück.

Der Schmerz soll uns an uns erinnern. An ihm werden wir uns später, wenn wir uns wiedertreffen, falls es ein Später gibt, erkennen.

Das Licht erlosch. Erlischt.

Sie kommen.

Laure Wyss

Livorno

Die Frau war vom Küchentisch aufgestanden, sie sagte, sie wolle noch spazieren gehen, sie wolle ans Meer hinunter; die Abreise würde sich ohnehin hinausziehen. Noch waren nicht alle im Haus zum Kaffeetrinken gekommen, ein Ehepaar hatte sich plötzlich entschlossen, ins Dorf zu fahren, um Wein einzukaufen, die Frau des Hauses erwartete noch den Besuch einer Nachbarin.

»Kommst du mit?« wandte sich die alte Frau an das Mädchen, das ein wenig verfroren auf der Bank saß und die Gespräche der andern still, aber mit flinken Augen verfolgte. Das Mädchen schlüpfte in seine Windjacke und folgte der Frau. Die beiden hatten sich tags zuvor zum erstenmal gesehen und kaum miteinander gesprochen. Aber die alte Frau fühlte sich von diesem etwas ungebärdigen Mädchen angezogen; vielleicht begegnete ihr in diesem Mädchen der eigene jugendliche Trotz von damals, das Aufbäumen gegen das Joch der Konventionen, in das man sie hatte zwingen wollen. Ob sie sich damals genügend gesträubt hatte? Das junge Mädchen hatte die Worte der alten Frau während des Frühstücks als annehmbar empfunden, es hatte nichts dagegen, mit ihr ein wenig zusammenzusein.

Die beiden gingen rasch der Mauer der Fahrstraße entlang, die vom Haus ins Dorf führte, wichen den Autos aus, machten lange Schritte über die Pfützen, bogen dann in einen kleinen Weg zwischen den Häusern ein. Hier waren sie geschützt vor dem Wind, gingen nebeneinander her, fingen an zu plaudern.

»Ich denke, wir gehen hier hinunter, da kommen wir am schnellsten zum Wasser, was meinst du?« Das Mädchen, das den Kopf ein wenig zwischen die Schultern zog und so einen gedrückten Eindruck machte, nickte. Es hatte seine Scheu vor der Frau allmählich verloren, rückte ihr im Gehen näher an die Seite.

Sie überschritten die Straße, die dem Meer entlang führte; harte Windstöße überfielen sie. Sie dachten aber nicht daran, ihr Haar zu schützen, sie ließen sich anwehen und zerzausen, erfüllt vom Wunsch, nun endlich ungehindert auf die offene Fläche des Meeres zu blicken.

Jetzt hüpfte das junge Mädchen über die glatten Steine voraus, leichtfüßig, in seinen Turnschuhen. Sie waren an eine Bucht gelangt, auf deren nördlicher Seite ein Gebäude das Land vor dem Ansturm des Meeres schützte. Fischer hockten dort, äugten bewegungslos herüber, was die Frauen da trieben.

Die Frau hielt sich im Hintergrund; sie wollte vermeiden, daß ihre Schuhe naß würden, oder sie war beeindruckt vom aufgewühlten Meer, der weißen Gischt der Wellen, der sich in heftigem Rhythmus jagte, völlig unerwartet hier und dort aufsprang. Das Mädchen kam zur Frau zurück. Sie schlenderten wie absichtslos weiter, kamen zum kleinen Hafen, wo Fischkutter und Yachten schaukelten; einige Boote waren zur Winterruhe an Land gezogen worden, hatten sich auf die Seite geneigt, schliefen neuem Aufbruch entgegen.

Die beiden Frauen gingen auf die Mole zu; sie wechselten kein Wort mehr, stiegen die nassen Stufen hinauf und, sich gegen den Wind stemmend, bewegten sie sich auf dem Damm Schritt für Schritt vorwärts, nun hintereinander, das Mädchen voraus.

Die Frau fühlte, daß das Mädchen Rücksicht nahm auf ihre Gangart, und das Mädchen fühlte im Rücken die schützende Gegenwart der Frau, die nur eines wünschte, daß das junge Wesen vor ihr nicht ausglitte oder sich allzu kühn hinauslehnte. Spürbar für das junge Mädchen aber auch, daß es keine dumme Sorge war, wie sie Erwachsene bei Gefahr oft den Jungen gegenüber empfinden. Nein, da war etwas ganz anderes, das die beiden ungleichen Frauen auf distanzierte und doch heftige Weise zusammentat.

Erst im Nachhinein würde der Frau einfallen, daß ihr im Mädchen, das vor ihr durch den Wind vorwärtsschritt, die eigene

Ungebundenheit von damals durch den Sinn ging, die Unbekümmertheit, sich Gefahren auszusetzen, zu trotzen, zu wagen vielleicht darin umzukommen. Das Mädchen ahnte, daß die Frau, die hinter ihm ging, im Leben Risiken nicht gescheut und gewagt hatte, vernichtet zu werden, und deshalb seinem eigenen jungen Leben nahe war.

Wellen spritzten über die Mauer. Die beiden wurden naß. Sie schienen das nicht zu beachten, gingen bis ans Ende des Dammes, gebannt von der Unruhe des Meeres, selbst aufgewühlt im Innern, von der Vergangenheit, der Zukunft. Hier draußen konnte man nicht reden. Der Wind fegte die Worte von den Lippen. Sie schauten hinaus aufs Meer, machten sich aufmerksam auf Schönheiten und Merkwürdigkeiten, indem bald die Frau oder das Mädchen den Arm hob und in eine bestimmte Richtung wies. Wie lange sie da draußen standen, wußten sie nicht, nun wie eins geworden im Aushalten. Langsam traten sie den Rückweg an; die Frau ging voraus, das Mädchen folgte. In der beruhigten Stille des Hafens, an Gruppen von plaudernden Männern vorbei, die die Fremden kaum beachteten, stiegen sie Treppen hoch, die auf Terrassen führten – aber als sich oben kein Ausgang auf die Straße zeigte, kehrten sie um, suchten einen neuen Ausweg. Die beiden bewegten sich ruhig, sicher, sprachen nicht über den falschen Weg, den sie eingeschlagen hatten, wandten sich nur um und schlugen einen neuen ein.

»Hast du Joseph Conrad gelesen?« Das Mädchen nickte. Ihr Bruder hatte ihr einmal einen Band mit Erzählungen Conrads geschenkt, das sei eine gute Sache gewesen, daß der Bruder ihr, der verlorenen Schwester, der Schwester, die von den Eltern aufgegeben worden war, etwas schenkte, und daß er gerade dieses Buch für sie ausgewählt hatte. »Alle diese Geschichten über das Meer, ja, ›Unrast‹ und der ›Spiegel der See‹ ...«

»Und ›Jugend‹, hast du die Erzählung ›Jugend‹ gelesen? Erinnerst du dich an die letzte Fahrt der alten Barke, die schon vor der englischen Küste beinahe kenterte? Im Hafen, wo sie instand gesetzt werden sollte, verließen die Ratten das Schiff und dann, im Indischen Ozean, entzündete sich die Kohleladung von selbst, verbrannte, während die Mannschaft sich in die Ruderboote retten mußte. Totales Scheitern aller Bemühungen des jungen Schiffsoffiziers – es war sein erstes Kommando – und trotzdem ...«

Das Mädchen: »Ja, verbrannt ist die Barke und gesunken, aber es entstand doch diese ungeheure, einsame Flamme über der spiegelglatten See; erinnerst du dich an diesen gewaltigen Anblick, wie das Schiff seine Seele aufgibt, und die Besatzung im Rettungsboot, die an einer Küste Javas landet; dort nahm eine Flut von Licht die Gekenterten auf. Und dann heißt es noch, daß die Küste für die Erschöpften stumm wie der Tod war, dunkel wie ein Grab; und daß das Schweigen Ostasiens vollkommen war.«

»Ja, so ungefähr«, murmelte die Frau.

Und das Mädchen: »Die Erzählung sollte nicht ›Jugend‹ heißen, sie sollte den Titel ›Leben‹ haben, finde ich.« Das Mädchen lachte in sich hinein.

»Weißt du«, sagte es zur Frau, »das Meer kenne ich noch nicht lange.«

Die Frau unterbrach das Mädchen. Merkwürdig sei doch, daß Conrad in seinem polnischen Binnenland das Meer nie gesehen habe, aber schon früh wußte, daß er es einmal befahren, daß er Kapitän zur See werde. Dann aber, auf der Reise durch westeuropäische Länder mit dem Hauslehrer, der dem 16jährigen seine Sehnsüchte austreiben sollte, diese Sehnsüchte immer mehr Gestalt annahmen, sodaß der Junge auf dem Furkapaß beim Anblick eines bergwandernden Engländers mit weißen Waden beschloß, zur See zu gehen. Er wußte, daß es die englische Handelsmarine sein würde, in die er eintreten wollte.

Das Wort »Sehnsucht« kam im Gespräch der beiden Frauen nicht mehr vor, als sie sich für eine Weile auf ein Mäuerchen setzten, drinnen im Ort, vor dem Wind geschützt. Es hatte zu regnen aufgehört. Auch die Winde schienen sich gelegt zu haben. Die beiden schauten einander nicht an. Scheu vor zu großer Nähe hinderte sie daran.

Wie nebenbei erzählte jetzt das Mädchen, wie es vor zwei Jahren gewesen sei, als es zum erstenmal das Meer gesehen habe. Ein Freund habe es mitgenommen, es sei krank gewesen, abhängig von Drogen, seit es zwölf Jahre alt war ... auf dem Schulhof zum erstenmal ... – und dann immer wieder und in immer stärkeren Dosen; und dann das Entsetzliche: der Weg zurück.

Das Haus des Freundes lag im Hinterland, hoch über der Küste, in einem engen Tal. Vom Steinplatz des Hauses aus sah man nur zwischen den Bergen hindurch in schmalem Ausschnitt auf die Bucht. Eine Felsenkuppe dort war so niedrig, daß man über ihr einen Streifen Meer erblicken konnte. Das Meer über dem Berg. Beide lachten. Das Meer über dem Berg!

»Abends sind wir an die Küste hinuntergefahren. Sie war um diese Zeit menschenleer. Die Sonne über dem Horizont glühend nahe. Ich bin hinausgeschwommen, allein. Das Wasser unter mir war klar, man konnte tief hinuntersehen. Fische unter mir, hin und her und flink. Ich wollte immer weiter hinausschwimmen, ich wollte nie mehr zurück.«

»Ja, das Abendlicht, Kind! Die vollkommene Harmonie, in die wir versinken möchten. Zurückschwimmen braucht viel Kraft. Und wenn erst die Ufer wegrücken! Wir müssen ins Haus zurück, zu den andern.«

Die Frau stand auf. Die Junge sprang mit einem Hupfer vom Mäuerchen. Sie lachten, glücklich über diesen Spaziergang. Sie beeilten sich, im Haus wartete man auf sie, man würde bald in verschiedene Richtungen wegfahren und sich trennen. Bevor sie aber das Gartentor öffneten, gab die alte Frau dem Mädchen einen leichten Stoß in die Seite: »Du bist zurückgekommen, Mädchen, das finde ich gut.«

Unica Zürn

Eine schreckliche Nacht

Manchmal kommt Prinzessin Ilse zu mir. Alle sagen Prinzessin Ilse zu ihr, denn sie ist ein entzückend altmodisches junges Ding, und sie kann schwärmen wie unsere Großmütter, als sie mit Bräutigam Großvater durch die Rosenspaliere wandelten.

Prinzessin Ilse ist zart und verträumt, und wenn sie liebt, so liebt sie mit all dem Aufwand einer neunzehnjährigen Märchenprinzessin. »Ich habe eine schreckliche Nacht erlebt«, sagte sie gestern, kaum daß sie bei mir im Zimmer war.

Ich wartete ab. Bei Prinzessin Ilse muß man immer abwarten, bis sie sich gesammelt hat, um mit einer stets neuen, rührenden, aufregenden Erzählung zu beginnen.

»Die letzte Bahn war weg«, sagte sie und wischte mit dem kleinen Finger eine Träne fort, »und wir wußten nicht, wo wir bleiben sollten.«

»Wer ist ›wir‹?« fragte ich vorsichtig.

Prinzessin Ilse warf mir einen hoheitsvollen Blick zu: »Wir?« fragte sie erstaunt, »wir – das sind er und ich.«

»Aha.« –

»Und er wohnte so weit – und ich wohnte so weit«, fuhr Prinzessin Ilse fort, »jeder in einer anderen Richtung. Und die Nacht war so kalt. – Da setzten wir uns auf eine Bank und zitterten vor Kälte. Du frierst, sagte er und zog seine Jacke aus und legte sie mir um die Schultern.

Oh, du frierst, sagte ich und legte ihm die Jacke wieder um seine Schultern.

Du frierst so, sagte er und legte seine Jacke wieder um meine Schultern.

Ich kann es nicht ertragen, wenn du frierst, sagte ich und legte die Jacke wieder um seine Schultern – und dabei schien der Mond. Ein unheimlicher, grausiger Mond! Eine Sichel, und darin war ein runder, dunkler Ball. Hast du jemals etwas so Unheimliches gesehen?«

»Das war vielleicht der andere Teil vom Mond«, sagte ich.

Prinzessin Ilse sah mich an. »Das war ein Mond, wie er noch in keiner Nacht gewesen ist!«

»Aha«, sagte ich.

»Und von ferne kamen ganz zerrissene Töne von einer Tanzkapelle«, fuhr sie fort, «und man hörte Stimmen singen, die waren ganz weit weg! Zerrissene Töne – weit entfernte Stimmen – ach, es war ja so entsetzlich!«

Prinzessin Ilse starrte in die Luft, dann sammelte sie sich wieder: »Und das Schrecklichste war, daß andauernd Sterne vom Himmel fielen. Der Himmel weinte und silberne Sterne tropften auf uns hernieder – hier – und da – und überall – es weinte lautlos vom Himmel herab, es war ja so furchtbar traurig!« Sie schluchzte laut auf.

»Ich liebe dich so unendlich«, hauchte Prinzessin Ilse.

»Wie bitte?« fragte ich.

»Ich liebe dich so!« rief das Mädchen verzweifelt aus, »verstehst du denn nicht – das sagte er zu mir!

Oh, wie ich dich liebe – sagte ich zu ihm, und dann weinte er.«

»Ihr armen Häschen«, sagte ich mitleidig.

»Wir sind keine Häschen«, belehrte mich Prinzessin Ilse, »wir sind zwei liebeswunde Menschen.

Drei Stunden saßen wir auf dieser Bank, dann fuhr die erste S-Bahn. Und da merkte ich, daß ich den Hausschlüssel vergessen hatte, und so fuhren wir dreimal um Berlin – bis acht Uhr morgens, bis ich ins Haus konnte. Die S-Bahn war so entsetzlich dunkel, und in einer Ecke saß ein alter Mann, der war betrunken und sang immerzu: ›Aus der Jugendzeit‹. Seine Stimme war so zitterig und heiser.

Ach, wir haben uns ja so entsetzlich lieb.«

Prinzessin Ilse schluchzte wieder.

»Hat er dich denn auch so lieb?« fragte ich sie.

»Das ist es ja eben«, heulte sie.

»Aber dann ist doch alles gut!« sagte ich, fassungslos über so viel Schmerz bei so viel Liebe!

»Was ist gut?« Prinzessin Ilse funkelte mich an.

»Na – daß ihr euch so liebt«, sagte ich schüchtern.

»Bist du wahnsinnig?« fuhr sie mich an. – »Liebe ist das Traurigste, das es auf der Welt gibt.«

Ich war ein bißchen älter als Prinzessin Ilse, aber wahrscheinlich war ich auch viel dümmer, darum fragte ich: »Aber warum denn nur?«

»Weil man immer wieder auseinandergehen muß«, schrie Prinzessin Ilse. »Verstehst du das denn nicht?«

»Aber dann muß man sich eben freuen, solange man zusammen ist, und darf an das Auseinandergehen nicht denken«, schlug ich vor. »Das machen doch alle«, sagte Prinzessin Ilse verächtlich, »wo bleibt denn da die Romantik?«

Editorische Notiz

Guten Morgen, du Schöne heißt ein Band mit Tonband-Protokollen, der 1977 im Buchverlag Der Morgen in Berlin erschien. Maxi Wander hatte neunzehn Frauen befragt, über ihr Leben, ihre Rolle als Mutter, als Tochter, als Geliebte und Gattin, als Frau in der Gesellschaft (der DDR), aber auch nach ihren Träumen und Hoffungen. Vielleicht durch den Blick von außen (Wander war erst 1958 in die DDR übergesiedelt) gelingt es ihr, im Gespräch erstaunlich offene und ungeschminkte Portraits von sehr unterschiedlichen Frauen zu zeichnen: Frauen mit Selbstachtung, die sich, auch wenn es nicht allzugut um sie bestellt ist, nicht in der Opferrolle sehen wollen.

Wirft man einen Blick auf die Literatur des zwanzigsten Jahrhunderts aus Europa und Amerika (siehe auch Seiten 142 ff.), so findet man sie überall, die unabhängigen weiblichen Köpfe, die sich kaum um Konventionen scheren, und wenn, nur um sie zu brechen; die prägend waren für das Denken und Aus-dem-Schatten-Treten ganzer Generationen. Das gilt für die Autorinnen gleichermaßen wie für ihre Heldinnen.

Guten Morgen, du Schöne stand Pate für die Zusammenstellung dieser Anthologie: Erzählungen deutschsprachiger Autorinnen über starke, ungewöhnliche Frauen, wilde Weiber und ernsthafte Damen aus den letzten fünfzig Jahren. Manche Autorinnen wird man hier vermissen: bis auf zwei Texte wurden ausnahmslos nur kürzere und abgeschlossene Erzählungen aufgenommen. Was diese Sammlung von Wanders Protokollen zwangsläufig unterscheidet, ist die Vielfalt der literarischen Stile und der Lebenshintergründe der Schriftstellerinnen wie der Protagonistinnen. Von Laure Wyss bis Malin Schwerdtfeger kommen Autorinnen verschiedener Generationen und Herkunft zu Wort: noch unterschiedlicher, oft verrückt, merkwürdig und komisch ist das, was sie ihre Frauen erleben lassen. Sie beweisen uns immer wieder: Hoppla, es geht auch anders.

Für Hinweise und Vorschläge danke ich Julika Betz, Ulla Biesenkamp, Helma v. Kieseritzky, Nicola Wagenbach und Johanna Sprengel für die Zusammenstellung der Autorenbiographien.

Susanne Schüssler

Autoren und Quellen

Ilse Aichinger, geboren 1921 in Wien. Ein großer Teil ihrer Familie wurde in Konzentrationslagern ermordet. Nach einem Medizinstudium arbeitete sie u. a. im Lektorat des S. Fischer Verlages und wirkte an der Gründung der »Hochschule für Gestaltung« in Ulm mit. Teilnahme an der Gruppe 47. 1953 heiratete sie Günter Eich. Seit 1989 lebt sie in Wien. Zahlreiche Veröffentlichungen, darunter der Roman *Die größere Hoffnung* (1948), die *Spiegelgeschichte* (1952), verschiedene Erzählbände, Hörspiele und Gedichte. Sie wurde mehrfach ausgezeichnet, unter anderem mit dem Preis der Gruppe 47, dem Franz-Kafka-Preis und dem Großen Österreichischen Staatspreis für Literatur.
Die Erzählung *Mondgeschichte* ist dem 1954 im S. Fischer Verlag, Frankfurt am Main erschienenen Buch *Der Gefesselte* entnommen.

Ingeborg Bachmann, geboren 1926 in Klagenfurt, Studium der Philosophie, 1950 Promotion. Sie arbeitete als Redakteurin, Dozentin und später als freie Schriftstellerin. 1953 erschien der Gedichtband *Die gestundete Zeit,* Preis der Gruppe 47. Sie veröffentlichte Erzählungen, Gedichte, Hörspiele und Essays. 1959/60 war sie Gastdozentin für Poetik an der Universität Frankfurt am Main. Sie lebte einige Zeit in Berlin, dann in Rom. 1971 erschien ihr erster Roman *Malina.* 1973 starb sie in Rom. Zahlreiche Auszeichnungen, darunter der Georg-Büchner-Preis und der Große Österreichische Staatspreis für Literatur.
Die Erzählung *Undine geht* ist dem 1961 im R. Piper Verlag, München erschienenen Erzählband *Das dreißigste Jahr* entnommen. (siehe auch Werke, Band 2).

Mariola Brillowska, geboren 1961 in Sopot (Polen), Kunststudium in Hamburg. Danach diverse Lehraufträge und Kunstausstellungen. Sie lebt als freie Künstlerin, Trickfilmerin und Autorin in Hamburg. 2003 erscheint ihr erstes Buch *Meine Unterhose gehört mir.* Sie wurde mehrfach ausgezeichnet, vor allem für ihre Trickfilme.
Die Erzählung *Die Kraft der drei Herzen* ist dem 2003 im Martin Schmitz Verlag, Berlin erscheinenden Buch *Meine Unterhose gehört mir* entnommen.

Karen Duve, geboren 1961, lebt in Hamburg. 1999 erschienen ihr *Regenroman* und der Erzählband *Keine Ahnung.* Für ihre Kurzgeschichten wurde sie mehrfach ausgezeichnet, u. a. mit dem Open-Mike der literaturWERKstatt Berlin und dem Gratwanderpreis des Playboy.
Die Erzählung *Besuch vom Hund* ist dem 1999 im Suhrkamp Verlag, Frankfurt am Main erschienenen Buch *Keine Ahnung* entnommen.

Gisela Elsner, geboren 1937 in Nürnberg. Studium der Theaterwissenschaft und Germanistik in Wien. Mitglied der DKP, Kontakt mit der Gruppe 47. Sie lebte in Rom, London und Hamburg. 1964 erschien ihr erster Roman *Die Riesenzwerge,* für den sie mit dem Prix Formentor ausgezeichnet wurde. 1992 nahm sie sich das Leben. Es erschienen zahlreiche Romane, darunter *Die Zähmung. Chronik einer Ehe* (1984), und Erzählbände.
Die Erzählung *Die Auferstehung der Gisela Elsner* ist dem 1980 im Rowohlt Verlag, Hamburg erschienenen Erzählband *Die Zerreißprobe* entnommen.

Julia Franck, geboren 1970 in Berlin (Ost), Studium der Germanistik und Altamerikanistik. Sie arbeitete als Phonotypistin und Regieassistentin beim Hörfunk. Bisher erschienen die Romane *Der neue Koch* (1997) und Liebediener (1999) und der Erzählband *Bauchlandung* (2000). 1995 erhielt sie den Open-Mike des literaturWERKstatt Berlin, 2000 den 3Sat-Preis in Klagenfurt.
Die Erzählung *Bäuchlings* ist dem 2000 im DuMont Verlag, Köln erschienenen Buch *Bauchlandung* entnommen.

Barbara Frischmuth, geboren 1941 in Altaussee/ Steiermark, lebt in Bad Aussee. Studium der Sprachen Türkisch und Ungarisch und der Orientalistik in Wien und Graz. Sie arbeitet als Übersetzerin und Schriftstellerin, auch von Kinder- und Jugendliteratur. Es erschienen u. a. ihre Kindergedichte (1975), der Roman *Kopftänzer* (1984) und *Die Entschlüsselung* (2001). Sie erhielt u.a. den Förderpreis der Stadt Wien, den Internationalen Hörspielpreis und den Kinder- und Jugendbuchpreis.
Die Erzählung *Wild-Frau* ist dem 1994 im Residenz Verlag, Wien erschienenen Erzählband *Hexenherz* entnommen.

Marlen Haushofer, geboren 1920 in Frauenstein/Oberösterreich. Nach der Matura zum Arbeitsdienst in Ostpreußen verpflichtet, dann Studium der Germanistik in Wien und Graz. 1945 floh sie nach Frauenstein, ohne

ihr Studium beenden zu können. Ab 1947 lebte sie in Steyr. Besonders bekannt sind ihre Kinderbücher und der Roman *Die Wand* (1963). Sie schrieb Romane, Erzählungen und Hörspiele und starb 1970 in Wien. Sie wurde unter anderem mit dem Österreichischen Staatspreis für Literatur ausgezeichnet.
Die Erzählung *Das Myrtenbäumchen oder die leichtfertige Mathilde* ist dem 1985 im Claassen Verlag, Düsseldorf erschienenen Buch *Begegnung mit dem Fremden* entnommen.

Felicitas Hoppe, geboren 1960 in Hameln. Studium der Literaturwissenschaft und Rhetorik in Tübingen, Berlin, Rom und den USA. Sie arbeitete als Dramaturgin und Journalistin und lebt heute als freie Autorin in Berlin. Bisher erschienen der Geschichtenband *Picknick der Friseure* und die Romane *Pigafetta* (1999) und *Paradiese, Übersee* (2003). Sie erhielt den Ernst-Willner-Preis und den Aspekte-Literaturpreis des ZDF.
Die Erzählung *Die Handlanger* ist dem 1996 im Rowohlt Verlag, Reinbek bei Hamburg erschienenen Erzählband *Picknick der Friseure* entnommen.

Elfriede Jelinek, geboren 1946 in der Steiermark. 1960-71 Studium am Wiener Konservatorium, später Studium der Theaterwissenschaft und Kunstgeschichte, das sie jedoch abbricht. Engagement in der Studentenbewegung, 1974-91 KPÖ-Mitglied. Besondere Bekanntheit erlangte sie als Autorin von Romanen wie *Die Klavierspielerin* (1983) und Theaterstücken wie dem *Sportstück* (1998). Zur Zeit lebt sie in Wien. Sie erhielt unter vielen anderen den Heinrich-Böll-Preis (1986) und den Georg-Büchner-Preis (1998).
Der Text *Luft [Begierde]* ist in der von der Autorin genehmigten Fassung der Zeitschrift *Manuskripte*, Heft 93,1986 entnommen.Wir danken Elfriede Jelinek für die freundliche Überlassung der Rechte für diese Ausgabe.

Hanna Johansen, geboren 1939 in Bremen. Studium der Germanistik, Altphilologie und Pädagogik in Marburg und Göttingen. Zweijähriger Aufenthalt in den USA. Heute lebt sie in der Nähe von Zürich. 1978 veröffentlichte sie ihren ersten Roman *Die stehende Stunde,* danach auch Erzählbände und zahlreiche Kinder- und Jugendbücher. 2002 erschien der Roman *Lena.* Sie erhielt mehrere Auszeichnungen, unter anderem den Marie-Luise-Kaschnitz-Preis, den österreichischen Kinder- und den Schweizer Jugendbuchpreis.
Die Erzählung *Elvira weiß, was sie will* ist dem 1998 im Carl Hanser

Verlag, München-Wien erschienenen Erzählband *Halbe Tage, ganze Jahre* entnommen. © Carl Hanser Verlag, München-Wien.

Marie Luise Kaschnitz, geboren 1901 in Karlsruhe. Sie arbeitete zunächst als Buchhändlerin in Weimar, lebte später in verschiedenen deutschen Städten und in Rom. Sie unternahm zahlreiche Reisen durch Griechenland, den Nahen Osten und Nordafrika. 1960 erhielt sie eine Professur für Poetik an der Universität Frankfurt am Main, wo sie 1974 starb. Es erschienen zahlreiche Essays, Lyrikbände wie *Totentanz und Gedichte* (1947) und *Dein Schweigen – meine Stimme* (1962) und kürzere Prosatexte. Ausgezeichnet wurde sie unter anderem mit dem Georg-Büchner-Preis und der Ehrendoktorwürde der Universität Frankfurt.
Die Erzählung *E.Z.* ist dem 1970 im Insel Verlag, Frankfurt am Main erschienenen Buch *Steht noch dahin. Neue Prosa* entnommen.
© Insel Verlag, Frankfurt am Main.

Sarah Kirsch, geboren 1935 im Harz. Studium der Biologie in Halle/Saale, später am Literaturinstitut »Johannes R. Becher« in Leipzig, dann freie Schriftstellerin in Halle/Saale und Berlin. 1977 siedelte sie in die BRD über. 1996 Übernahme der Brüder-Grimm-Professur an der Universität Kassel und Gastdozentur für Poetik in Frankfurt. Sie ist vor allem als Lyrikerin durch Gedichtbände wie *Zaubersprüche* (1973) und *Katzenleben* (1984) bekannt. Sie erhielt zahlreichePreise, darunter den Heinrich-Heine-Preis der DDR, den Österreichischen Staatspreis für Literatur und den Georg-Büchner-Preis.
Die Erzählung *Merkwürdiges Beispiel weiblicher Entschlossenheit* ist dem 1973 im Eulenspiegel Verlag, Berlin erschienenen Buch *Die ungeheuren bergehohen Wellen auf See* entnommen.
© 1987 Manesse Verlag, Zürich. Mit freundlicher Genehmigung der Deutschen Verlags-Anstalt GmbH, Stuttgart.

Helga Königsdorf, geboren 1938 in Gera. Studium der Mathematik und Physik, Professur an der Akademie der Wissenschaften der DDR in Berlin. 1978 wurden ihre ersten Erzählungen unter dem Titel *Meine ungehörigen Träume* veröffentlicht. Seit 1990 ist sie als freie Schriftstellerin in Berlin tätig. 1997 erschien *Die Entsorgung der Großmutter.* Sie wurde unter anderem mit dem Heinrich-Mann-Preis ausgezeichnet.
Die Erzählung *Bolero* ist dem 1976 im Aufbau-Verlag, Berlin und Weimar erschienenen Buch *Meine ungehörigen Träume* entnommen.
© Aufbau-Verlag, Berlin und Weimar.

Katja Lange-Müller, geboren 1951 in Berlin. Ausbildung zur Schriftsetzerin, Studium am Literaturinstitut »Johannes R. Becher« in Leipzig. Danach arbeitete sie für ein Jahr in einer Teppichfabrik in der Mongolei. 1984 siedelte sie nach Westberlin über. 1986 erschien ihr erster Erzählband *Wehleid – wie im Leben,* danach weitere Erzählungen. 1998 Gastdozentur am M.I.T., Cambridge, USA. 2000 erschien der Roman *Die Letzten – Aufzeichnungen aus Udo Posbichs Druckerei.* Sie wurde mehrfach ausgezeichnet, darunter mit dem Ingeborg-Bachmann-Preis und dem Alfred-Döblin-Preis.
Die Erzählung *Für Kehzi* ist dem 1986 im S. Fischer Verlag, Frankfurt am Main erschienenen Erzählband *Wehleid – Wie im Leben* entnommen.

Irmtraud Morgner, geboren 1933 in Chemnitz. Studium der Germanistik in Leipzig, danach als Redakteurin tätig. Ab 1958 lebte sie als freie Schriftstellerin in Berlin. 1977 wurde sie ins Präsidium des Schriftstellerverbandes der DDR gewählt. 1987/88 Gastdozentur in Zürich. Starb 1990 in Berlin. Zahlreiche Romane und Erzählungen, darunter *Hochzeit in Konstantinopel* (1968), *Gauklerlegende. Eine Spielfrauengeschichte* (1970) und *Leben und Abenteuer der Trobadora Beatriz nach Zeugnissen der Spielfrau Laura* (1974). Ihr wurden unter anderem der Heinrich-Mann-Preis und der Nationalpreis der DDR verliehen.
Die Erzählung *Das Duell* ist dem 1968 im Aufbau-Verlag, Berlin und Weimar erschienenen Roman *Hochzeit in Konstantinopel* entnommen.

Helga M. Novak, geboren 1935 in Berlin. Studium der Philosophie und Journalistik in Leipzig. Sie arbeitete als Monteurin und Buchhändlerin. 1966 wurde sie aus der DDR ausgewiesen. Nach Island und Frankfurt am Main lebt sie heute in Polen. Sie schreibt Gedichte, Erzählungen und Romane, darunter die Autobiographie *Vogel federlos* (1982). 1999 erschien ihr lyrisches Werk im Band *Solange noch Liebesbriefe eintreffen*. 1968 erhielt sie den Literaturpreis der Stadt Bremen.
Die Erzählung *Durchreise* ist dem 1968 im Luchterhand Literaturverlag, Neuwied und Berlin erschienenen Prosaband *Geselliges Beisammensein* entnommen.

Christa Reinig, geboren 1926 in Berlin. Zunächst Ausbildung zur Blumenbinderin. Später Studium der Kunstgeschichte und Christlicher Archäologie in Berlin (Ost), dann Tätigkeit als wissenschaftliche Assistentin am Märkischen Museum. 1951 erhielt sie Publikationsverbot. 1960 erschien ihr erster Gedichtband *Die Steine von Finisterre*. Als ihr

1964 der Literaturpreis der Stadt Bremen übergeben wurde, kehrte sie von der Preisverleihung nicht mehr zurück in die DDR. Seitdem lebt sie in München. Sie schrieb überwiegend Gedichte, aber auch Erzählungen, Hörspiele und den Roman *Entmannung* (1976). Zahlreiche Auszeichnungen, unter anderem der Kritikerpreis für Literatur.
Die Erzählung *Kluge Else, Katherlieschen und Gänsemagd als Bremer Stadtmusikanten* ist dem 1982 im Verlag Frauenoffensive, München erschienenen Erzählband *Die ewige Schule* entnommen.

Malin Schwerdtfeger, geboren 1972 in Bremen. Seit 1992 Studium der Judaistik und Islamwissenschaft in Berlin. Bisher erschienen der Erzählband *Leichte Mädchen* und der Roman *Café Saratoga*. Sie erhielt u. a. den Förderpreis bei den »Tagen der deutschsprachigen Literatur« in Klagenfurt.
Die Erzählung *Mein erster Achttausender* ist dem 2001 im Verlag Kiepenheuer & Witsch, Köln erschienenen Erzählband *Leichte Mädchen* entnommen.

Maxie Wander, geboren 1933 in Wien. Zunächst verschiedene Gelegenheitsarbeiten, unter anderem in der Fabrik und als Haushaltshilfe. 1958 heiratete sie den Schriftsteller Fred Wander und übersiedelte mit ihm in die DDR, nach Kleinmachnow bei Berlin. Dort arbeitete sie als Schriftstellerin, Journalistin und Fotografin. 1977 starb sie an Krebs. Im gleichen Jahr erschien ihre Protokollsammlung *Guten Morgen, du Schöne*.
Die Erzählung *Das Haus, in dem ich wohne* ist dem 1977 im Buchverlag Der Morgen, Berlin erschienenen Buch *Guten Morgen, du Schöne* entnommen.

Gabriele Wohmann, geboren 1932 in Darmstadt. Studium der Philologie und Literatur in Frankfurt, später Internatslehrerin auf einer Nordseeinsel. Seit 1983 lehrt sie an der Universität Augsburg Poetik. Sie schreibt Gedichte, Essays, Romane, Erzählungen, Hörspiele und Theaterstücke, darunter die Romane *Paulinchen war allein zu Haus* (1974), *Ausflug mit der Mutter* (1976) und *Schön und gut* (2002). Neben anderen Auszeichnungen erhielt sie den Literaturpreis der Stadt Bremen und den Deutschen Schallplattenpreis.
Die Erzählung *Die Entführung* ist dem 1983 im Luchterhand Verlag, Darmstadt und Neuwied erschienenen Erzählband *Der kürzeste Tag des Jahres* entnommen.

Christa Wolf, geboren 1929 in Landsberg. Studium der Germanistik in Jena und Leipzig. 1949-89 Mitglied der SED. Sie arbeitete zunächst als Kritikerin, Lektorin und Herausgeberin in Berlin (Ost), dann als Redakteurin und freie Verlagsmitarbeiterin in Halle/Saale. Seit 1962 lebt sie als freie Schriftstellerin in Berlin. Ihr erster großer Erfolg war der Roman *Der geteilte Himmel* (1963). Sie gehörte zu den Initiatoren des Protestes gegen die Ausbürgerung Biermanns. Gastdozenturen in der BRD, den USA und der Schweiz. Es erschienen zahlreiche Erzählungen, Essays und Romane, darunter die Erzählung *Nachdenken über Christa T.* (1968) sowie die Romane *Kassandra* (1983) und *Medea – Stimmen* (1996). Sie erhielt viele Auszeichnungen, darunter den Georg-Büchner-Preis, den Nationalpreis der DDR und den Deutschen Bücherpreis.
Kassandra ist ein mit dem Einverständnis der Autorin gekürzter Textauszug aus dem gleichnamigen, 1983 im Luchterhand Verlag, Darmstadt und Neuwied erschienenen Buch.

Laure Wyss, geboren 1913 in Biel. Studium der Philologie in Paris und Zürich. Die Kriegsjahre verbrachte sie in Schweden, wo sie als Übersetzerin für die Widerstandsbewegung tätig war. 1945 kehrte sie in die Schweiz zurück und arbeitete als freie Journalistin, beim Fernsehen und als Redakteurin. Sie starb 2002 in Zürich. Es erschienen *Frauen erzählen ihr Leben. 14 Protokolle* (1976), der Erzählband *Tag der Verlorenheit* (1984), die Gedichtsammlung *Rascal* (1999) und andere. Sie erhielt viele Preise, darunter den Premio Mediterraneo und den Großen Literaturpreis des Kantons Bern.
Die Erzählung *Livorno* ist dem 1984 im Huber Verlag, Frauenfeld erschienenen Erzählband *Tag der Verlorenheit* entnommen.

Unica Zürn, geboren 1916 in Berlin. Ab 1935 als Cutterin bei der UFA, dann Werbefilmdramaturgin. 1953 ging sie nach Paris, wo sie als Schriftstellerin und Malerin tätig war. Ab 1960 immer wieder Aufenthalte in Nervenheilanstalten. 1970 nahm sie sich das Leben. Sie schrieb Prosa und Lyrik, oft in Verbindung mit Zeichnungen, darunter *Les jeux à deux* (1957) und *Der Mann im Jasmin* (1965).
Die Erzählung *Eine schreckliche Nacht* ist dem zweiten Band (Prosa I) der 1989 im Brinkmann & Bose Verlag, Berlin erschienenen *Gesamtausgabe in acht Bänden* entnommen.

Wilde Weiber, ernsthafte Damen:

Frauen erzählen über Frauen

A. L. Kennedy Hat nichts zu tun mit Liebe *Erzählungen*
Neun Erzählungen von Frauen und ihren existentiellen Erfahrungen: Liebe, Sehnsucht, Einsamkeit, Leidenschaft und Tod, die Angst vor Nähe und die Angst vor Gewalt und Verletzungen.
»Gerade auf die kürzere Form versteht sich A. L. Kennedy meisterhaft: Ohne Sentimentalität beobachtet sie Liebende, die sie in der ganzen rührenden Absurdität ihres Daseins schildert.« Felicitas v. Lovenberg, FAZ

Deutsche Erstausgabe
Aus dem Englischen von Ingo Herzke
WAT 463. 144 Seiten

Elsa Triolet Die Frau im Nerz. Die Betrogenen *Zwei Romane*
Elsa Triolet, die Lebensgefährtin von Louis Aragon, erzählt von Frauen, die es sich auch unter widrigen Umständen nicht nehmen lassen, ihr Schicksal selbst in die Hand zu nehmen.
»Eine Perle psychologischer Charakterisierungskunst.«
Franziska Meier, Frankfurter Rundschau

Aus dem Französischen von Lydia Babilas
WAT 464. 96 Seiten

Djuna Barnes Ladies'Almanach
Verfaßt und illustriert von einer Lady of Fashion
Der berühmte Almanach über »Sternzeichen, Monde und Jahreszeiten« eines ebenso berühmten lesbischen Zirkels, samt einem »vollständigen Bericht über tägliche und nächtliche Verwirrungen.«
»Alles was man schon immer über die besonderen Damen wissen wollte, erfährt man aus diesem ebenso tiefsinnigen wie witzigen 12-Monats-Buch«. Manuela Reichart, Die Zeit

Aus dem Amerikanischen von Karin Kersten
Mit einem Nachwort von Brigitte Siebrasse
WAT 465. 144 Seiten mit vielen Photos

Simone de Beauvoir **Sie kam und blieb** *Roman*

Der Erstling der Ikone des Feminismus: eine existentialistische Dreiecksgeschichte in der Pariser Bohème zu Beginn des Zweiten Weltkriegs.

»Beauvoir hat mit ihren politischen Engagements und privaten Revolten das Bild einer Frau vermittelt, die hoch erhobenen Hauptes gegen die Angepaßtheit der anderen anlebte.« Alice Schwarzer, Emma

Aus dem Französischen von Eva Rechel-Mertens
WAT 466. 384 Seiten

Doris Lessing **Das Leben meiner Mutter**

Das wohl persönlichste Erinnerungsbuch der großen englischen Erzählerin: die nachdenkliche Auseinandersetzung mit zwei eigenwilligen Frauen – ihrer Mutter und sich selbst.

»Ein besonderes Buch, weil es sich von den üblichen Vereinfachungen fernhält, weil es nicht losgelöst, sondern konkret und historisch geschrieben ist.« Almut Engelien, SFB

Aus dem Englischen von Adelheid Dormagen
WAT 467. 96 Seiten

Nina Berberova **Der Lakai und die Hure** *Roman*

Die Geschichte einer trotzigen und wütenden jungen Frau, die nicht nur überzeugt ist von ihrem Recht auf Glück und Reichtum, sondern notfalls mit allen Mitteln dafür kämpfen will.

Deutsch von Anna Kamp
WAT 469. 96 Seiten

Natalia Ginzburg **So ist es gewesen** *Roman*

Die lakonisch erzählte Geschichte einer klassischen Dreiecksbeziehung: Liebe, Leidenschaft, Verzweiflung, Eifersucht – und am Ende ein tödlicher Schuß.

»Intensiver, bedingungsloser und konsequenter hat Natalia Ginzburg ihr Lebensthema der seelischen Isolation des modernen Menschen nie mehr ausgeführt.« Michael Köhler, Süddeutsche Zeitung

Aus dem Italienischen von Maja Pflug
WAT 470. 96 Seiten

Silvia Plath Die Glasglocke *Roman*

Der einzige Roman der großen Lyrikerin: Was macht eine hochbegabte Studentin aus ihrem Leben, wenn sie nach New York kommt, wo es auch noch andere Verlockungen gibt als gute Zensuren?

»Masken sind heutzutage an der Tagesordnung, und das mindeste, was ich tun kann, ist die Illusion zu pflegen, daß ich fröhlich, ausgeglichen und nicht ängstlich bin.« Silvia Plath

Aus dem Englischen von Reinhard Kaiser
WAT 472. 192 Seiten

Elena Garro Erinnerungen an die Zukunft *Roman*

Ein Klassiker der südamerikanischen Literatur, ein Roman über seltsame Frauen, über Gewalt, Liebe und Erinnerungen in den Zeiten der mexikanischen Revolution. Als eine der ersten Schriftstellerinnen Mexikos beschreibt Elena Garro das Leben und den stummen Widerstand ungewöhnlicher Frauen in einer Welt voller Gewalt.

Aus dem mexikanischen Spanisch von Konrad Schrögendorfer
Mit einem Nachwort von Michi Strausfeld